心の声が聞こえる悪役令嬢は、今日も子犬殿下に翻弄される

著者
のん

目次

◆イラスト◆　Shabon

◆デザイン◆　関根 彩＋前田紗雪（関根彩デザイン）

第一章　可愛い人

『ぼん、きゅー、ぼーーーん』

美しく波打つ黄金色の髪と、鮮やかなエメラルドのアーモンド形の瞳。流し目で男性を見つめれば、その心を射貫くと言われる美貌の持ち主。そんなエレノア・ローンチェストはアプリの中の悪役令嬢である。

イラストはとても美しく、アプリの最初の画面には悪役令嬢であるエレノアに黒色の翼が生えたような絵が描かれていたのが印象的だった。

ヒロインよりも目立っていたような気がする。

基本的に操作は簡単なゲームで、悪役令嬢側の攻略対象者を、ヒロイン側へと好感度を上げて引き込んでいく。

一部のユーザーからは略奪ハーレム乙女ゲームと呼ばれた異色作である。

普通の乙女ゲームと違って一人に絞るのではないという点、そして悪役令嬢から奪い取っていくという点が話題になったのだ。

悪役令嬢はイケメン攻略対象の心を奪いまくっている悪女であり、ヒロインは、そんな悪役令嬢に心を奪われたヒーロー達を攻略し、自分の味方にし、ハーレムを築いていく。

そして私はこのゲームの悪役令嬢、エレノアへと転生したごく一般的なユーザーである。

生まれ変わった場所が異世界であることに気が付いたのは、前世の記憶がある事と、世界観が違う事からだった。

ただ、まさかアプリゲームの中に転生したとは思っていなかった。

十歳を過ぎた頃にどこかで見た顔だなという既視感を覚え、そして自分の名前、顔、国の名前、王子の名前を知り気が付いた。最終的に王子の婚約者に自分の名前が挙がったと言う時点で確信を得た。

さらに異世界に転生したと言うだけでも信じがたかったのだけれど、それ以上に衝撃的な事実があった。

そして、その衝撃的なことが原因で、私は今、心を病みそうな状況にある。

『まぁ、エレノア様ったら、今日もまた男性達を虜にしてらっしゃるわ』

『あー。いい。本当にエレノア様は理想の女性だ。あー。本当に。彼女と一時の恋に溺れてみたいものだ』

『美人美人と言われているが、これは小悪魔だなぁ』

『ぼん、きゅ、ぼーん』

頭の中を様々な声が駆け巡っていく。

エレノアに生まれ変わってから知った、裏設定。

それは、人の心の声が直接的に頭の中で響いて聞こえてくるということ。考えていることや思ったこと、感じたこと。それらが頭の中で響き渡るのだ。

転生した私は耳を通して聞こえてくる声とは別に、頭の中に響く声に衝撃を受けた。

生まれたばかりの赤子であった頃、私は母であろう人を見上げながら、その心の声に呆然とするしかなかった。

「まぁ、とっても可愛らしいわ」

『何で女の子なのよ。くそくそくそ。女の子じゃ意味ないわ』

最初は意味が分からなかったけれど、口では優しく私に愛情を注ごうとする女性が、心の中では男児ではなかったことへの罵詈雑言を並べ立てていた時には、本気で泣いた。

一見して見れば優雅で美しいお母様と凛々しい貴族男性といった風貌のお父様。けれどその中身と言えば、崇高な志を持つ貴族というよりも、欲に正直で上っ面だけの生々しい人間であった。

そして、私はこれまでの十六年間で、人間とは本当に、内面と外面が違う生き物なのだなということを学び、何故ゲームの中のエレノアがあれほどまでに男性の心を奪って遊んでいたのかについて、考察することができた。

エレノアはその美貌もあって、立っているだけで男性から好意を向けられることが多い。

それは十六歳という少女が受け止めるにはあまりに生々しいもので、本当の意味で自分の味方がいない状況に生き辛さを感じざるを得なかった。

だからこそ、悪役令嬢のエレノアはそんな勝手に向けられる好意を使い、現実から目を逸らすように遊んでいたのかもしれない。

いや、遊んでいたと言うよりも、求めていたのだろうか。

相手の心の声を聴き、望む女性像へと姿を変え、相手の望む言葉を口にして。

自分の事を愛するように、自分へと心酔するように、相手の気持ちを操るように自分へと惹きつけていたのだろう。

そう考えれば、悪役令嬢エレノアの周りにどうして攻略対象者のような優秀でイケメンな男達がいたのかも理解できる。

ある意味、エレノアの心は、今の私同様に病み、壊れかけていたのかもしれない。

一人の男性だけを愛すればよかったのに、結局どの人も本当の自分を見てくれていないと、悪役令嬢のエレノアも思っていたのかもしれない。

だから、たくさんの男性の愛を求めたのだろう。

愛されれば満たされるとそう思い、自分を愛してほしいと願ったのだ。

けれど本当の自分を曝け出す事は、今の私と同じように怖くて、だから結局、心にぽっかりと穴が開いたように、満たされないままだったのかもしれない。

そして満たされないから、また次の男性の心を求めてという事が繰り返された結果、悪役令嬢エレノアが誕生したのだろう。

アプリゲームをしていた時は分かりえなかったけれど、今ならその気持ちが分かる。

『本当に、どうしてこの子は、こんな見た目なのかしら。母親の私が恥ずかしいわ』

『我が娘ながら、スタイルと美貌はなかなかのものだな。王子殿下も気に入ることだろう。殿下を篭絡《ろうらく》してくれればいいのだが』

そんなことを考えている両親の横に並びながら、私は内心でため息をつく。

十六年間生きてきて、両親が自分を本当に愛していないことには気づいていた。

毎日並べ立てられる言葉と、その裏の自分に向けられる感情。

それらを知って、私の心は静かに冷めていった。

ゲームの中のようなエレノアになるつもりはない。

だから出来るだけ悪い印象など抱かせないように、清廉潔白に生きてきた。

人との接触も必要最低限に抑え、社交界に出る年になっても、両親から命じられたものだけしか参加していない。

人の心の渦巻く社交界に出ることは自分の負担でしかなかったし、ゲームのエレノアのように男性達の愛情を求める事はしたくなかった。

そもそも年々男性達の視線と心の声は、恋愛経験がゼロに等しい私にとっては恐怖でしかなかった。

ただ、社交界に出る以上絶対に男性と関わらないという事は出来ない。

社交の場では相手の心の声を聴きながら、この悪役令嬢エレノアの容姿を利用して、穏便に男性から逃げる術というのは身に付けていた。

そうしないと、この容姿につられてやってくるしつこい男性というものはいるもので、最初の頃は怖い思いもしたことがあったのだ。

おかしなものでエレノアの姿、所作、それは私を守る盾になった。

ただ、そうした事で、私は本当の自分というものを出せなくなった。

社交では仮面をかぶり、相手に好かれすぎない程度に立ち振る舞い、悪役令嬢エレノアにならないように、出来るだけ会話自体を減らした。

だからこそ悪役令嬢エレノアのように男性達を侍らすような事にはならなかったけれど、私の周りには、誰もいなかった。

悪役令嬢にならない代わりに私が得たものは、孤独だった。

「……私は、ずっとこうやって……生きていくしかないのかしら」

私は小さな声で独り言ちる。

開けられた窓からかすかに春の香りが舞う。夜の風はまだ冷たいが、会場内は人の多さもあって熱がこもっているように感じられた。

宝石がちりばめられたきらびやかなシャンデリアの明かりが美しく輝く。

楽器の調べと、人々のざわめきによって私の声はどこへ届くこともない。

第一王子殿下の婚約者を選定する、この舞踏会の会場内で、私は自分が一体これからどうなるのだろうかという不安を感じていた。

ゲームをクリアする前にこの世界に転生した私は、このゲームの結末も知らない。

その時であった。

先程まではざわめいていた会場内が静寂に包まれ、盛大なファンファーレが鳴り響く。

空気が揺れる音を感じながら、両親に倣って頭を下げる。

「皆、よく集まってくれた。今宵は、我が息子、アシェル・リフェルタ・サランの婚約者を、美しい花達の中から考えていくつもりだ。この時間を楽しんでくれ」

『ふむ。まぁ第一候補はローンチェスト公爵家の妖艶姫か。あれだけの美貌の少女か。アシェルが羨ましいな』

ローワン・リフェルタ・サラン国王陛下の声が会場内によく響き渡る。

私の頭の中にはローワン陛下の心の声も同時に響いて聞こえる。

筆頭婚約者候補であることは、父からも聞かされていた。第一王子殿下アシェル様が私を気にいれば、この婚約は成立するだろうと、皆が思っている。両親からの期待、それと同時にもしもこの婚約が成立しなかった場合、自分がこれからどのような扱いをうけることになるのか。それがエレノアは恐ろしかった。

両親の考えに、私の気持ちを尊重する気持ちなど欠片もない。

家の為に有益であるかどうか、それが両親の判断基準である。

婚約が不成立になった場合、一番条件の良い場所へと嫁ぐことになるだろう。ローンチェスト公爵家については男児を後継者にすることが決まっており、遠縁の子を引き取ると聞いていた。

ゲームの中でエレノアはアシェル殿下の婚約者になっていた。それなのにも拘わらず他の男性も侍らせていたことで悪女と呼ばれたのだ。そしてその生活ぶりもきらびやかで華やかなものであった。

それと比べて今の私は、誰も侍らせてはいないし孤独だ。

公爵令嬢としての生活はたしかに平民に比べたらきらびやかなものであろうが、普通の貴族よりは質素倹約に努めて生きてきた。

ただ何故か見た目で判断され、社交界では男性を誑《たぶら》かす女として女性方からは嫌われている。

最初は婚約者にならない方がいいのだろうかとも考えたが、アシェル殿下の婚約者にならなかった場合、ヒロインはどうなるのか、物語には強制力があるのかどうかなどが気になった。

そして何より、現在の私には拒否権などない。

ゲームの強制力よりも両親からの重圧によって私はアシェル殿下の婚約者に納まるしかないのだ。


会場内に拍手が鳴り響き、夕焼けのように鮮やかな髪色をしたアシェル殿下が姿を現すと、澄んだ菫の瞳で会場内へと視線を向ける。

背の高いすらりとしたアシェル殿下は、会場内の令嬢の心を射止めていく。

社交界で彼は完璧な王子と噂され、令嬢達はこれまでアシェル殿下の目に留まろうと必死に頑張っていたが、彼の心を射止めた者はいなかった。

女性に関心がない様子や、あまりにも完璧すぎるその姿に、近寄りがたい雰囲気すらあった。

そんなアシェル殿下を見て私は、息を呑んだ。

同じ年だと言うのに、落ち着いたその雰囲気と凛々しいその姿は、噂されていたように物語の王子様そのものであった。

「今日は、集まっていただき、感謝します。どうか、楽しい一時を一緒に過ごしましょう」

『緊張するなぁ。ふぅー。どうにか、頑張らないと。よーし。頑張るぞぉー！　えい、えい、おー

――――！』

アシェル殿下の心の声は、思いの外、とても少年らしい声色だった。

貴族の令嬢達はもちろんその見た目にうっとりとしながら、頬を赤色に染めていく。

会場内を、挨拶を交わしながら歩いていくアシェル殿下の姿を私も目で追っていった。

「素敵な方ね。きっとファーストダンス、誘われるでしょうから、楽しんでね？」

『まぁ、素敵な方ね。私が若かったら、虜にしてみせたのに』

「エレノア。しっかりな」

『まぁ、殿下も年頃だからな。お前の美貌は大層気に入るだろうなぁ』

両親の言葉に、私は仮面を被るように微笑を張り付けると。アシェル殿下がどんな声を心の中で囁《ささや》こうとも、しっかりとしなければと気合を入れる。

そして、アシェル殿下が私の前の前へと進んでくると、物語に出てくる完璧な王子様のような微笑を浮かべて言った。

「エレノア・ローンチェスト嬢。お会いできて嬉しく思います。よろしければ、最初のダンスを踊る栄誉を、私にいただけないでしょうか？」

『わぁぁぁ。噛まずにいえたぁぁ。良かった。わぁ。ドキドキしたなぁ。ちゃんと王子様に見えているかな？　いや、王子様なんだけどさぁぁ！』

にぎやかで明るい雰囲気の心の声に一瞬、噴き出しそうになるのを私は奥歯をぐっと噛み堪《こら》える。

あまりにも可愛らしい心の声に、本当にアシェル殿下の声かと驚いてしまった。

見た目はキラキラとした正真正銘の王子様である。言葉遣いもとても丁寧であり、所作も驚くほどに丁寧で美しい。

凛々しい姿に令嬢達は頬を赤く染め、優し気な微笑みは幾人もの令嬢達の心を射止めただろう。それなのに、心の声と外見が全く一致していない。

「喜んでお受けいたします。よろしくお願いいたします」

どうにか私はそう言って差し出されていた手に自分の手を重ねた。

重なった手は少しひんやりとしていて、お互いに少し緊張していることが伝わってきた。

「こちらこそよろしくお願いします。貴方のように美しい人と踊れるなんて、私は幸せ者ですね」

『ほわぁぁぁ！　わぁぁぁ！　緊張するなぁ。それにしても、エレノア嬢は可愛いなぁ。うん。わぁぁぁ。緊張する。手、ほっそ。これは折れるよ？　折れちゃうよ？　えーー。女の子ってもうちょっと太った方がいいと思う』

私はさらに奥歯をぐっと噛む。

手が震えそうになるのを堪えて、ダンスホールへとアシェル殿下と進んで行くと、向かい合わせになり、そしてアシェル殿下の手が腰へと触れる。

「楽しみましょう。皆が貴方の美しさに魅了されることでしょう」

『腰ほそぉぉぉぉ。どうしよう。折れちゃう。折れちゃうよ！　ふおぁわぁぁぁ！』

折れません。内心、奥歯がもう折れてしまうのではないかと思うほどにぐっと噛んで堪えながら私はアシェル殿下の心の声から考えを逸らすために音楽に集中する。

今まで、ダンスは密着しすぎて相手の心の声がさらにうるさくなるのであまり好まなかった。相手の邪な心の声が頭の中に響いて、嫌悪感でダンスを楽しむどころではなかったのである。

けれど、今は違う意味で楽しむどころではなかった。

ダンスはさすが王子様、完璧である。私もダンスには自信があったのでついていっている。

アシェル殿下は何一つ問題なくダンスのステップを踏み、しっかりと私をリードしてくれていた。

見た目には微笑を携え、完璧なる王子様である。しかし、その心は嵐のように声を上げていた。

『わぁぁぁ。ダンス上手いなぁ。僕、大丈夫かな？　しっかりリード出来ている？　わぁぁ。下手くそとか思われていたらどうしようかなぁ。えぇぇ？　大丈夫？　え？　僕、大丈夫？』

私は奥歯がいつか折れるのではないかと言うくらいに、ぐっと力を入れる。

そして、初めて心の中で叫んだ。

可愛い！

うん。可愛い！

アシェル王子殿下、本当に可愛い！

私はこの世界に生まれて初めて、男性を心から可愛いと思った。

男性を自分が可愛いと思える瞬間が、私に訪れるとは思ってもみなかった。

私は胸の高鳴りに驚きながらも、ちらちらとアシェル殿下へと視線を向けた。

私たちは、はたから見れば完璧にダンスを踊り、優雅に微笑みを交わしているように見えたであろう。

けれど私は笑いを堪えるのに必死で、アシェル殿下は顔に張り付けた微笑とは裏腹に、嵐のように感情が揺れ動いていた。

この世界に生まれ変わって、人の心の声を聴いてこれほどまでに心が弾むのは初めてだった。

『むぅ。力の加減が難しい。しっかり支えたいけど、腰とか手とか細すぎて折れそうで……むぅ。折れないか？』

『どうやってこれから仲良くなっていこうかなぁー。仲良くなれるといいなぁ』

『ダンス上手いなぁ。完璧っていう噂は本当なのかな？　まぁ、これから仲良くなれば分かるかー』

『それにしても、今日は本当に緊張するなぁ。皆当たり前だけど見ているしさー。あー。面倒なこともたくさんあるし、王子も楽じゃないよねー』

ダンスを踊っている最中に何を考えているのだろうかと笑いを堪えながらも、私はアシェル殿下と一緒にいることがとても心地良く感じていた。

こんな感情になれる相手と出会えたのは、初めてである。

ファーストダンスが終わると、たくさんの拍手が向けられる。

皆顔に笑みを張り付けているが、心の中では様々な感情が飛び交っている。

『ぼん、きゅ、ぼーん』

『やはり、殿下の婚約者はエレノア嬢で決まりか』

『殿下、素敵。あぁぁ、エレノア様がうらやましいわ。でも私だって負けないわ！』

私達は優雅に一礼した。

「エレノア嬢。一緒に踊れて光栄でした。また、後ほど話をしましょう」

『よかったぁぁぁ。はぁぁ。無事ちゃんとエスコートできたかなぁ?』

「こちらこそありがとうございました」

手の甲に軽くアシェル殿下が唇を落とした。

そしてアシェル殿下はあっという間に他の令嬢達に取り囲まれた。

まだ私との婚約が成立していない以上、他の令嬢達にとって今回はチャンスである。

他の令嬢達とはどのような会話をするのだろう。そう思って見つめていると、アシェル殿下はあくまでも社交辞令であろう言葉を並べ対応されていた。

それに令嬢達はがっくりとしているようだ。

ただアシェル殿下は、表面上は王子様としての体裁を保ちながらも、どの令嬢と踊る時にも心の中はさまざまなことを考えており、面白い人なのだとくすりと笑ってしまった。

そして、私はふと、自分が笑っていることに驚き、口元に指を置いた。

笑っていた。久しぶりに自然に笑えた。

他の令嬢と踊るアシェル殿下を眺めながら、私は、自分の中に芽生えた感情に驚きを抱いた。

一通り令嬢と踊り終わったアシェル殿下から、私は中庭へと散策に出かけないかと誘われ、今、月を眺めながら王城内にある夜の中庭を散歩に出た。

春の夜風は少し冷たいけれど、心地良く感じた。

甘い花々の香りが風に乗って運ばれてくる。

アシェル殿下は、物語に出てくる王子様のように私をしっかりとエスコートしてくれる。微笑を携え、手を取り歩く。それは、乙女ならば誰もが夢見るようなシーンである。

私は自分がこんなにも穏やかな気持ちで男性と一緒に歩ける日がくるなどとは思ってもみなかった。いつもならば男性の邪な感情に心が疲弊し、エスコートされることすら嫌悪してしまうほどだったのに、アシェル殿下との時間は居心地がよかった。

アシェル殿下の声は、澄んだ泉のようだなと思う。

『月が綺麗だなぁ。あぁこんな夜はさ、鼻歌でも歌いたくなるよね。ふふんふーんふふふふーんふふん』

アシェル殿下は心の中で鼻歌を歌っており、私はそれを聞きながら道を歩く。

とても可愛らしい鼻歌だった。音程ははっきりいって適当だし、歌詞はないし、たまに変なところで語尾が上がるけれど、何とも言えない味があった。

鼻歌を心の中で王子様が歌っているなんて誰が思うだろう。私自身、王子様の代名詞のように礼儀正しくそれでいて仕事は出来る真面目な方だと聞いていたから、驚きの連続である。

『あ、いい曲思いついた。これは名曲では?! ふふ。エレノア嬢と一緒だからかなぁ。今日は楽しい』

そんな言葉に、私の胸はときめく。

一緒にいて楽しいと思っているのが自分だけではないという事実に顔がにやけてしまいそうになる。

「エレノア嬢。少し風が冷たくなり始めましたね。寒くはありませんか?」

『大丈夫かな? 僕は大丈夫だけれど。ガゼボまで行けば、肩掛けも用意しているのだけれど』

不意にそう尋ねられ、私は慌てて顔を上げると首を横に振った。

「いいえ。大丈夫です」

「そうですか。ガゼボまで行ったら、飲み物も用意してもらいますから」

『良かった。でもガゼボに着いたら、温かな飲み物にしたほうがよさそうだな。頬が赤いけど、風邪じゃないよね？　え？　大丈夫かなぁ。心配だなぁ』

「少し、緊張しているだけなので、ご心配なさらず」

私が慌ててそう言うと、殿下はくすりと笑った。

「ふふ。私も少し緊張しています。貴方のように美しい人と、このように楽しい時間を過ごせるなんて、幸福な夜です」

『かっわいぃ。え？　緊張しているの？　僕と一緒なの？　わぁぁぁ。可愛いー！』

心の中で、可愛いのは殿下の方です！　と私は叫び声を上げた。

二人でガゼボに用意されたソファーへと腰掛ける。恐らく、元々ここに来る予定でアシェル殿下が手配してくれていたのであろう。

さりげなく膝掛けも手渡され、私はそれを掛ける。

侍女達は温かな紅茶を準備し、そして下がっていった。見た目は仕事の出来る侍女達であったが心の中では私とアシェル殿下が上手くいきますようにと応援してくれていて、なんだか嬉しくなった。

「今日は素敵な夜ですね。夜風が気持ちいい」

『あぁ、緊張してきた。しまった、何を話せばいいんだったかなぁ。うーん。エレノア嬢が楽しめるように頑張らなきゃなー』

私は微笑を浮かべて答える。

「月が綺麗ですね。こうして一緒に庭を散歩できるなんて、光栄なことです」

「そう言ってもらえてうれしいですよ。こちらこそ、光栄ですしね」

『優しいなぁ。うん。エレノア嬢は噂とは違って、結構笑う方なのだな。散歩している間も微笑んでいたし。噂では社交的な場で必要最低限しか微笑まないって聞いていたのに、よかったぁ。笑ってくれて』

私はその一言を聞いて、自分の頬へと手を伸ばす。

笑っていたというか、にやけてしまっていたのではないかと不安に思っていると、視線を感じた。

顔を上げると、アシェル殿下はこちらに微笑を向けていた。

「エレノア嬢とこうやって過ごせて、良かったです」

心の声が聞こえなかった。

私は自分の心臓が跳ねる音を、代わりに、聞いたのだった。


私とアシェル殿下の婚約が正式に決まるまで、そう時間はかからなかった。元々公爵令嬢である私が筆頭であったこと、そして私以上にアシェル殿下と爵位の釣り合う令嬢がいなかったことも相成って一か月後にはすんなりと決まったのであった。

第一王子殿下であるアシェル殿下との婚約ということで、正式に教会まで足を運び、婚約式を行うこととなった。

婚約式のドレスは王家のしきたりに合わせて肌の露出の少ない簡素な白いドレスである。露出が少ないことは嬉しく思っていたのだが、婚約式の会場で聞こえてきた貴族の男性たちの声に、私はげんなりとしてしまった。

『ぼん、きゅ、ぼーーん』

『はぁ。美しすぎる。アシェル殿下がうらやましいな』

『簡素なドレスが逆にエレノア嬢の美貌を引き立たせるな。傾国とはエレノア嬢のような美姫のことを言うのであろうなぁ。人を惑わす妖艶姫とはよく言ったものだ』

『男性の心を惑わすなんて悪女に違いありませんわ！』

外見で判断され、そして自分は意図していないと言うのに、惑わしていると言われる。

人によってはそれを称賛ととらえればいいと言われるかもしれない。けれど、エレノアにとっては称賛というよりも、呪いの言葉のようであった。

ただ、やはりアシェル殿下だけは違った。

「エレノア嬢。とても美しいです。今日は二人にとって新しい門出となるでしょう。貴方と共に歩んでいけること、本当に光栄に思います」

『はわぁぁぁ。すっごく綺麗だ。わぁぁぁ。これ、ウェディングドレスだったらさらに綺麗だろうなぁ。あぁ気が早いのは分かるけど考えちゃう。エレノア嬢も……結婚楽しみにしてくれていると、いいなぁ』

優しい微笑みを携えてそう言われ、私は顔に熱がたまるのを感じた。

純粋に褒められているというのが伝わってきて、とても嬉しかった。そして、今まで結婚というものに憧れを抱いたことがなかったのだが、それが変わりつつあった。

アシェル殿下との結婚は、少し楽しみになっていた。

恋愛というものはまだ分からないけれど、アシェル殿下とならば明るい未来を描いていける気がした。

「ありがとうございます……あの、よろしくお願いいたします」

そして、アシェル殿下も素敵だった。白いタキシードがよく似合い、この人が自分の旦那様になるのだと考えるだけで嬉しくてたまらなかった。

「これからよろしく頼みます。お互いに支え合い、良い関係性を築いていきましょう」

『エレノア嬢が困らないように、僕がしっかり支えていかないとね！　はぁぁぁ。本当に綺麗。僕って幸せ者だなぁ。これからゆっくりエレノア嬢の事を知っていきたいなぁ』

優しい人である。

心の声が聞こえるたびに嬉しくなれる人がいたなんて、私は本当に驚いた。ただそう思った時、心の声が聞こえるという事実をこれから一生隠し通さなければならないのだろうかという思いが過る。

言うべきか、それとも秘密にしておくべきか。

心の声を聴いてしまう罪悪感のようなものが、胸をよぎっていった。

けれど今の私にはまだそれを打ち明ける勇気などない。

いつか、いつか言える日が来る。

私はそう思ったのだった。


婚約は教会に受理され、私とアシェル殿下は二週間に一度か二度は顔を合わせる機会が増え、私は王城へと足を運ぶことが増えた。

そうしていくうちに、攻略対象者かどうかも分からないキラキラとしたイケメン達に出会うことが増えた。この人も攻略対象なのかなぁと曖昧な記憶の中で考えるしかない。

私が攻略対象者として覚えているのはアプリゲームのタイトル画面を飾っていた数人だけである。

けれど心を奪う気はさらさらない私にとって、よく知りもしない男性に会って話しかけられることは苦痛でしかなかった。

「これはこれはエレノア嬢。今日は貴方に出会えたことを神に感謝しなくては」

『今日もお美しいなぁ。ひゅ~。妖艶姫といわれるだけあるな』

「よかったらお茶でもいかがですか?」

『眺めているだけでもいいなぁー。あぁ、本当に、最高だよなぁ』

「貴方と一緒に過ごせる殿下がうらやましい」

『横に並んで歩くだけで、かなり価値があるよな。これだけいい女を連れて歩けたら最高だろうな』

次々に並べ立てられる言葉に内心辟易してしまう。

王城内へと着けば、王城の侍女が対応してくるからと護衛を連れてこなかったことも悪かったのだろう。出会う男性達は色めいた瞳で私のことを見つめて甘い言葉を投げてくる。

アプリゲームだからか、攻略対象者はかなり多かったと記憶している。モブからイケメンまで網羅していた気はするのだが、いくら考えても出会う男性達が攻略対象なのかそうでないかの判断はつけられなかった。

そして、廊下を歩くたびに何度も何度も足止めを食うものだから、私も次第に疲れてしまう。

しかもまだ広い王城内には慣れておらず、男性達に会わないようにと歩いていくうちに、自分がどこにいるのかが分からなくなってしまった。

今日もすでに三人に出会っており、いい加減にしてほしいとすら思ってしまう。

「殿下の元へと参りますので、失礼いたしますわ」

「あぁ。よろしければご案内いたします。どうぞ手を」

『白魚のようなその手を握りたい。ふふふ。道が分かっていないようだし、遠回りして行こう』

エスコートの為に差し出された手。普通の女性ならば疑うことなく取るのであろうが、心の声が聞こえる私には嫌悪感すらその手に抱いてしまう。

嫌だとは思いながらも、道が分からない以上ついていくしかないだろうか。そんなことを考えていた時であった。

廊下の曲がり角から、こちらへと歩いてくるアシェル殿下の姿が見えた。

私は迎えに来てくれたのだろうかと嬉しく思い、アシェル殿下の元へと向かった。

「エレノア嬢。お待ちしていました。どうかされましたか？　心配になって迎えに来たのですが」

『遅いと思ったら……むぅ？　何だ？　何故こんな所に？』

　私は美しくスカートを持ちあげ、一礼する。

「アシェル殿下、お待たせしてしまい申し訳ございません」

「いや、いいのだよ。だが、何があったのかな？」

『？……何だか疲れた顔をしているけれど、大丈夫かな？　えっと、先に甘い物を用意させるかな。それにしても、この男は？』

　私を今引き留めていたのは、騎士団に所属する騎士だったのだが、殿下が現れたことで慌てた様子で頭を下げた。

「引き留めてしまい申し訳ございませんでした。失礼いたします」

『ついていないな。もっと近くで話をしたかったのに、残念だ。まぁ、話せただけで運がいい。皆に自慢するか』

　立ち去る彼の姿にため息をつき、アシェル殿下へと視線を移すと、殿下は冷ややかな視線で騎士の方へと視線を向けていた。

『なんだ？　どういうことだ……もしかしてエレノア嬢はいつもこうやって引き留められているってことか？　なるほどなぁ。だから僕の所に来るのがいつもぎりぎりになっていたのかぁ。綺麗な人だから……男として気持ちは分からないでもないけど』

　アシェル殿下は私の方へと視線を向けると尋ねてきた。

「エレノア嬢。こうしたことはよくあるのですか？」

『大丈夫だったのかなぁ……どうしよう。これで、僕に会いに来るのが嫌だとか、そんなこと思われていたら、僕、泣く自信がある……』

「えっと……その、皆様、心配してくださるようで」

私が何と言っていいのか分からずそう答えた。

「なるほど」

『わぁ。困った顔している。わぁぁぁ。気が回ってない僕が悪かったなぁ』

私はどうしたものかと思っていると、アシェル殿下がにこりと微笑みを浮かべた。

「次回からは、出来るだけ私が馬車まで迎えに行きましょう」

『僕が悪かったなぁ。エレノア嬢が美人なことをちゃんと頭に入れておくのだった。よし！　気合を入れよう。後そうだな……僕の婚約者に不埒《ふらち》にも声をかけるなんて、きっと皆体力が有り余っているのだろうなぁ。うん。後から誰が話しかけて来たかちゃんと、調べなきゃなぁ』

今までも、男性に引き留められることは多かった。

話しかけられた手前、無視するわけにもいかないのだけれど、そうして相手の話を聞くことで、陰では男好きとか、また男に媚を売っていると言われることも多かった。

きっとアシェル殿下も、私の噂くらい耳に入っているはずなのだけれど、こうやって私を心配してくれる。

私がたぶらかしただなんて、全く思っていない。

外見で、淫乱だとか、淫らだとか、そうしたことを言われ続けてきた私は、噂を鵜呑《うの》みにせず、私を見てくれるアシェル殿下の、その優しさが、素直に嬉しかった。

「ありがとうございます」

私がそう言うと、アシェル殿下は手を差し出してエスコートをしてくれる。

「今日は、美味しい菓子を準備しているのですよ？　気に入ってもらえるといいのですが」

『……うーん。もしかしてエレノア嬢はこういうことがよくあるのかなぁ……心配だなぁ』

「ふふ。殿下は本当にお優しいですね？」

アシェル殿下は王子として臣下の期待を一身に背負い立派な王子として生きてきたのだろう。だからこそ、いつも丁寧で、物語の王子様のように振舞っている。

そんなアシェル殿下が心の中ではこんなに賑やかで可愛らしい人だということを知っているのは、私だけだ。

それを嬉しく思ってしまう自分がいた。

アシェル殿下は私の方を見ると、苦笑を浮かべた。

「いえいえ。本来は私が貴方の元に通いたいところなのですが、時間がないため、いつも来てもらって申し訳ない」

『僕がエレノア嬢の屋敷に行ければ、エレノア嬢が大変な思いをすることもないのに、本当に申し訳ない。うん。そうだなぁ。対策を考えよう』

対策とは一体どうするのだろうかと思っていた私だったけれど、次回から、殿下が馬車まで迎えに来てくれるようになった。

それればかりか、迎えに来ることが出来ない日や、見送りが出来ない日などは私が通るルートは男子禁制となったようで、私はその事実をしばらくしてから知り、驚くのであった。

どうしてその事実を知ったのかというと、侍女たちが楽しそうに噂をしていたのである。

「男子、禁制？」

私が首をかしげ侍女に尋ねると、侍女はくすくすと笑いながら答えた。

「はい。第一王子殿下はエレノア様のことをとても大切にしていらっしゃるのだと、城ではそういう噂でもちきりです」

『こんなに美しい人だもの。そりゃあ男子禁制にもしたくなるわよね』

自分のせいで余計な負担をかけてしまったのではないかと私は不安に思い、アシェル殿下に会う時に尋ねてみることにした。

「あの、アシェル殿下……あの」

「どうしました？　何かありましたか？」

『ん？　なんだろう？　困った顔？　僕何かしたかなぁ？』

庭でお茶をと、侍女と護衛騎士が少し離れたところで待機し、二人きりになったところで私は口を開いた。

「あの……私が王城に来た際に私の通る通路を男子禁制にしたと聞きました。その、ご負担ではありませんか？」

すると一瞬アシェル殿下は動きを止め、それから瞬きをするとお茶へと手を伸ばし、それを一口飲む。

『ばれたぁぁぁぁ。うわぁぁぁぁ。どうしよう。嫉妬深いとか器が小さいとか思われてない？　大丈夫？　わぁぁぁぁ。どうしよう？　どうする？』

カップを机の上へと戻すと、笑顔でアシェル殿下は答えてくれた。

「負担ではありませんよ。エレノア嬢は魅力的な女性ですから、皆が声を掛けたくなる気持ちは分かりますが……やはり、王城内でそうしたことが起こるのは問題ですので、対処させてもらいました」

私はアシェル殿下の心の声と、その言葉に、負担ではないのであればよかったと、ほっとした。

「そうですか。それならばいいのです。これまでとても話しかけられることが多かったので困っていたのです。配慮していただき、ありがとうございます」

そう伝えると、アシェル殿下の心の声が聞こえた。

『よかったぁぁぁぁ！　ほっとしたよ。やっぱりエレノア嬢も嫌だったのだよね。はぁぁ。本当によかった。うん。よーし。これからも対策を強化していこう』

アシェル殿下は、見た目はとても優雅にまたお茶を飲み、それからカップを机へと置くと言った。

「それならばよかったです。エレノア嬢が過ごしやすいのが一番ですからね」

心の声はとても可愛らしいのに、見た目はしっかりと王子様なのだから私はさすがだなと思った。

そして、そんな可愛らしい心の声が聞こえてこんなにも幸せな気持ちになれるのだから私はアシェル殿下の婚約者になれて幸せだなぁと思ったのであった。

◇◇◇

あー。誰かに聞いてほしい。僕のこの想いを。誰かに聞いてほしいと思う。でもさ、それはできないから頭の中でぐるぐる考えちゃうよねぇ。

僕はアシェル。この国の第一王子なのだよね。

まもなく王太子となるであろうと言われている僕だけれど、外見は完璧な王子様で仕上がっていると思う。第一王子という立場上幼い頃から他人からの期待が僕の肩には伸し掛かっていた。

だからこそ、それに応えるために完璧な王子様でいようと努力を続けてきた。

仕事だってそつなくこなせるようになったし、言葉遣いや振る舞いだって、完璧といわれるまでに仕上げた。

ほら、皆王子様に幻想抱くでしょう？

だから、ちゃんと僕だってその期待に応えられるように、血のにじむような努力をしてきたっていうわけなのだけれど、その反動か、頭の中の僕はけっこうちゃらんぽらんだなって、自覚している。

たぶんさ、こんな僕のことが皆にばれたら、僕、幻滅されるのだろうなぁ。

こんな人だと思わなかったとか、言われそうで怖い。

そんな中、最近、僕にも婚約者が出来た。

いや、今日はね、これを自慢したくて、自慢したくてね。うん。だってね、とっても可愛らしい人なのだよ。

基本的に僕は、情報収集とかはもちろんするけれどね、人となりについては自分の目で見て、関わって、それから判断するようにしているんだ。

だって、僕自身が本当に内面と外面が違いすぎるって分かっているから。

だからこそ、噂には左右されない方だと思うのだけれど。

エレノア嬢はさ、本当に、もうさ、噂と全く違い過ぎて、もう、何と言うか、驚いた。

まず一言。

可愛い人です。

何ていえばいいんだろう。そのさ、見た目はどちらかというと薔薇っていう感じで、綺麗な人なのだけれど、その中身はたんぽぽの綿毛みたいな、ふわふわしている、可愛い人なんだよ。

うん。そうなのだよ。

可愛い人なのだよ。

まずさ、社交辞令的にしか笑わない人だって聞いていたけれど、僕と一緒にいる時にはいつも楽しそうに微笑んでくれるから、本当に驚いた。

最初は気を使ってくれているのかなって思っていたのだけれど、他の人といる時には、愛想笑いをしているだけでほとんど、ちゃんと笑わないいんだよ。

でもさ、僕と一緒にいる時は、ふわって、ふわって笑うんだよ。

可愛すぎるでしょう?!

それにさ、甘い物がけっこう好きみたいで、新しいお菓子とかをティータイムの席で出すと、ぱあぁあって瞳を輝かせるんだよ。

え？　エレノア嬢は僕を、どうしたいのだろう。

僕、最近さらに語彙力無くなってきている気がするんだよ。

あ、大丈夫。第一王子としてさ、仕事とかはちゃんと出来る方だから。何ていうのかな、仕事に関してはさほど頭の中で悩んだり考えたりしなくても、普通に出来るのだよね。

まぁ頭悩ませるやつもあるけれど。

でも最近の専らの僕の頭を悩ませる種っていうのはさ、エレノア嬢が魅力的な女性過ぎるっていうところなのだよね。

噂では知っていたけれど、エレノア嬢は男性ホイホイかってくらい、男性を惹きつける魅力が詰まっている。

分かるよ？

僕だって男だからね。気持ちはわかるけどさ、王子の婚約者になったのにもかかわらず、それでも不埒な目でエレノア嬢を見てくる男が多いんだよ。

しかもさ、エレノア嬢はさ、優しいからさ、こう、突っぱねるっていうことが上手く出来ないのだろうね。

以前王城でも僕の所にくるまでにさ、毎回毎回色んな男性に捕まっていたみたいで、僕は驚いたよね。

だってまさかさ、王城内で、僕の婚約者に馴れ馴れしく話しかける男がいるなんて、思いもしないでしょう？

第一王子の婚約者だよ？

うん。なめられているのかなって思ったから、ちゃんとその後、しっかりと対処はさせてもらったけれどね。

ほら、体力が有り余っていたのだろうからさ。

体力、有り余らないくらいにはしてあげたよ。うん。皆鍛えられる上に煩悩《ぼんのう》も捨てられて、万々歳だよね。

最近本当に強く思うのがさ、男としてさ、エレノア嬢をこれからちゃんと守っていってあげないとなぁってすごく思う。

王城内は整理できたけど、社交界とかだと、まださエレノア嬢の周りによって来る男もいるから、そこらへんもどう対応していこうか、現在考え中なんだよ。

うん。

まぁとりあえず皆に声を大にして言いたいのはさ。

エレノア嬢が、すごく、すごーく、可愛いってこと！

僕のこのさ、ちゃらんぽらんな頭の中身がばれたらどうしようって、最近よく思うからさ、隠し通さないといけないよね。

がんばろー。

◇◇◇

アシェル殿下の婚約者となった私は、頻繁に舞踏会へと参加するようになった。

アシェル殿下の婚約者として社交界で交友関係を広げていく必要があり、私は同年代の令嬢から年配のご婦人方まで、様々な方たちと話をするようになった。

これまでの私は、悪役令嬢エレノアにならない為に社交界に出るのも必要最低限にして会話もほとんどしてこなかった。

公爵令嬢という立場であったからこれまではそれでよかったけれど、これからは第一王子の婚約者としての立場を確立していく必要がある。

もしヒロインが現れたとしても、私は悪役令嬢エレノアではない。余程の事がない限り、この立場が覆されることはないだろう。そうならない為にも気を引き締めていかなければ。

心の声が聞こえると言うことで、私は周りの目を気にして生きてきた。

人に嫌われるのが嫌だったから、相手の心の声を聴いて、相手に嫌われないように、適度な距離を保ちながら生きてきた。けれど、これからはそれでは駄目だと思った。

ただ孤独なままでは、守りたいものを、守れないかもしれない。

人と関わるという事は、自分にとっては傷つけられる事が増える可能性がある。

怖くないかと聞かれれば、怖い。けれど、怖がったって聞こえるのだから、それならば、頑張ってみようと思えた。

今までは心の声を意識して情報を得ることは少なかったけれど、アシェル殿下の婚約者になった以上、出来るだけアシェル殿下の力になれるように努めようと決めた。

けれど、もしもこの外見でなければもっとやりやすかったのだろうなとは思う。

外見で判断されることは男女ともにあり、見た目に嫉妬されることは日常茶飯事であった。

鏡に映る自分の姿に、私は深々とため息をつく。

赤い華やかなドレスを着ても、見劣りすることのない派手な顔。その顔に手で触れ、私は大きくため息をついた。

せめてこんな顔に生まれていなければ、そう思うけれど、そう考えたところで意味はない。

私はもう一度深々とため息をついてから、立ち上がった。

舞踏会は好きではない。たくさんの声が交ざり気分は悪くなるし、男性達の視線は私にとっては気分の悪くなるものでしかなかった。

けれど。今回はこの赤いドレスを贈ってくれたのがアシェル殿下だから、まるで自分を守ってくれているようで勇気が出た。

サラン王国では、婚約者の女性が舞踏会に出席する時には男性がドレスを贈るという仕来りがある。強制ではないが、衣装をペアにすることもあれば、女性だけを際立たせるためにあえてそろえず、ワンポイントだけ飾りを揃えたり、ネクタイを揃えたりする。

アシェル殿下と待ち合わせの控室へと向かうと、そこには王子様らしく白い衣装を身に纏ったアシェル殿下がいた。胸には、私のドレスとそろえた薔薇の花飾りが付けられていた。

それが婚約者になった証しのように思えて実感がわき、私はとても嬉しく思った。

アシェル殿下がにっこりとほほ笑み、こちらへと歩いてくる。

「エレノア嬢。今日も素敵ですね。会うたびに貴方の美しさに圧倒されるばかりです」

『わぁぁぁぁ。今日も可愛いなぁ。赤いドレスをプレゼントして本当に良かった。エレノア嬢には赤がよく似合う。あ、でも今度はまた別の色のドレスにしよう。あぁぁぁ。でも、これ、他の男も見るのかぁ。うーん。それはちょっと考えものだよねぇ』

頭の中は相変わらず忙しいアシェル殿下に、私は笑みを向ける。

「アシェル殿下も素敵です。ドレスも、本当にありがとうございます。今日もよろしくお願いいたします」

「ドレスもとても似合っています。では、行きましょうか」

『笑ったぁぁぁ。わぁぁぁ。何か、これだけで僕、頑張れる。うん。可愛い婚約者がいて僕は幸せだなぁ』

アシェル殿下の声は、とても澄んでいて、私は舞踏会に向かう足取りが軽くなる。

通常舞踏会では王族の挨拶が終われば、各貴族が話に興じたり、ダンスに興じたりという時間が流れていく。

私とアシェル殿下は国王陛下の挨拶の後、一番に舞踏会場の中央へと進み出た。

「エレノア嬢。ダンスを楽しもうか」

『よーし。頑張るぞぉ！　エレノア嬢をしっかりと支えないとね』

「はい」

楽器が、指揮者の手によって音楽を奏で始める。天井の高いホールに、楽器の美しい音色が響き渡った。

アシェル殿下に腰を支えられ、私達は音楽のリズムに合わせてステップを踏む。

踊っている時間は、アシェル殿下の楽し気な鼻歌と、笑顔に癒されて、私はこんなにも舞踏会でダンスを楽しめる日が来るなんて思ってもみなかった。

「ふふ。とても楽しいですね」

そう口にすると、アシェル殿下も嬉しそうに頷いた。

「えぇ。エレノア嬢と一緒に踊っていると時間を忘れるほどです」

『か～わ～い～い～い～！　え？　何その笑顔？　可愛すぎる。何かな、僕幸せすぎるのだけれど。何かな？　エレノア嬢は僕を一体どうしたいんだよぉぉぉ。はぁ。エレノア嬢と婚約出来て僕は本当に幸せだなぁ。こんな素敵な人が僕の婚約者だなんて、本当に幸せだな』

「ふふ」

幸せなのは私の方である。婚約者になるまでは、不安で仕方なかったけれど、今となってみればもっと早くアシェル殿下に会っておけばよかったと思った。

社交界でもゲームの強制力があるのではないかと会うのが怖くて、会わないようにしていたことが悔やまれる。

それにしても、可愛いのはアシェル殿下の方である。こんなに可愛らしい人を私は他に見たこともない。

私は、可愛いアシェル殿下とダンスの時間を過ごした。

そして私はアシェル殿下と踊った後は、女性達が談話する場へと移動した。

アシェル殿下は、他の貴族達と話をしており、後程こちらへと迎えに来てくれる手筈となっている。

本来は、女性達が談話する場へと男性がダンスに誘いに来ることはめったにない。

けれど、私の場合、気を付けなければすぐに男性が近寄って来るので他の貴婦人たちの迷惑にならないようにしなければならない。

なので、私は出来るだけ同じ場所にはいないように、心の声を意識しながら移動しては、男性に捕まらないようにしているのだ。

アシェル殿下の婚約者になる前はよからぬ考えを持つ者も結構な人数いたので、そうした声には特に意識しながら逃げるように移動していた。

けれど今回はアシェル殿下の婚約者という立場もあるからと油断をしてしまっていた。

つい、化粧室に一度下がった時、他の令嬢達と外へと出ればよかったのに、私は一人で廊下へと出てしまった。

『あぁ。美しいな……』

背筋がぞわりとした。私は、この声の持ち主とは絶対に近寄ってはならないと場所を移動するのだが、それでも声は追いかけてくる。

怖い。

『ふふふ。さぁ、どこで捕まえようか』

私は恐怖から隠れる場所を探し、一番近くのテラスへと身を隠すと、息を殺した。

「エレノア嬢、どちらにいますか？」

『俺の最愛の人よ。どこに隠れている？　くそ、くそ、くそ……どうにかして俺のものにしなければ。このままだったら殿下の物に……くそくそ』

声が聞こえ、私は慌ててテラスの壁際へと身を寄せ、カーテンの内側へと身を隠した。

鳶色の髪と瞳をしたダドリー公爵家のエドガー様は、以前から私のことを見かけては追いかけてくる人であり、二人きりにならないように意識してきたのだが、今回は以前よりもしつこい。

私がアシェル殿下の婚約者となって諦めると思っていたのだが、以前よりもしつこさが増している気がする。

「エレノア嬢。隠れても無駄ですよ」

『俺の物だ。俺の物だ。絶対に、絶対に逃がすものか』

恐怖が胸の中を渦巻き、私は震えながらカーテン裏に隠れるのだが、足音が近づいてくる。

どうして一人になってしまったのかという後悔が胸の内を渦巻く。

けれど、女性たちの輪の中にずっといるというのも息がしにくくて、だからこそ化粧室へと一度下がったのだ。

『まぁ、また男性を惹きつけて、はしたない女性ね』

『ここにいないでほしいわ』

『アシェル殿下も、男だから、きっとこの女にメロメロなのでしょうねぇ。はぁ、男って本当に外見に惑わされやすいわ』

『傍にいたくないわ。引き立て役なんてごめんだもの』

そうした声に堪えかねて移動してしまったのがいけなかった。

怖い。

怖い。

心臓の音がうるさいくらいに鳴り、そして足音が止まったのを聞いて、手が震える。

「みーつけた」

『俺の物だ』

「ひっ！……や」

私は恐怖で息を呑んだ。

腕を掴まれそうになり、私は慌てて近くのソファーの方へと逃げた。

エドガー様は舌打ちすると、私の方へと駆け寄り、そして私の肩を掴むと、そのまま休憩用にと置かれていたソファーへと押し倒された。

「エレノア嬢……なんで逃げるのです？　少し話でもしましょうよ」

『可愛がってやる』

「は、離してください」

何で私ばかりがこんな目にあわなければならないのか。

舞踏会に出れば男達からは不躾な視線を向けられ、女性達からは憎悪の感情を叩きつけられる。

一言も話したことのない人達からであっても、自分に対する悪評というものは自分の精神をごりごりと削っていくものであり、いつも私は、苦しかった。

だから、孤独を選んだのだ。

悪役令嬢エレノアにはなりたくなかった。

そして、人から聞こえてくる心の声も怖かった。

孤独しか、私には選べなかった。

きっとゲームの中のエレノアも選んだ道は違っても同じように感じ、そして壊れていったのだろう。

私は瞳いっぱいに涙をためながらも、声を上げた。

「やめてっ……お願い」

怖くて仕方なくて、声が震えた。

「静かに。殿下にばれてもいいのですかな？」

「っ⁉」

こんな姿を見られたら、殿下にまで自分は淫乱だと、淫らな女だと思われるのだろうか。

それは、嫌だった。

けれど、触れられる手が、気持ち悪くて、涙が溢れる。

その時だった。

『触るな』

「え？」

目の前で起こる光景が、ゆっくりとスローモーションで見えた。

エドガー様が殴り飛ばされ、地面へと「へぶしっ！」と奇妙な声を上げながら打ち付けられる。

男性のそのような奇妙な声は初めて聞いたなと、私が呆然としていると、温かな何かが私をぎゅっと抱き上げた。

「失礼。エレノア嬢。場所を変えましょう」

「え？」

見上げると、そこには私を抱き上げるアシェル殿下の姿があった。

心臓の音が近くで聞こえる。

それなのに、不思議と、心の声は聞こえなかった。何故なのだろうかと私はただ疑問を抱く。

「ダドリー公爵を連れてこい」

「はっ」

騎士たちは慌ただしく動き、意識の飛んでいるダドリー公爵を担ぎ上げると、アシェル殿下の後についてくる。

私は体が震え、視線を動かす。

「大丈夫です。心配しないで」

アシェル殿下の心の声が聞こえない。何故だろうかと思っていたがふと気づく。

アシェル殿下の表情から怒りの感情がわずかに感じ取れた。おそらくだが、アシェル殿下は怒りを今表面に出さないようにしている。だからこそ心の声が聞こえなくなっているのかもしれない。

そう私が予想を立てていると周りの騎士達の心の声が煩《うるさ》いくらいに響く。

『わぁぁ。これでダドリー公爵も終わりだなぁ。護衛でついていた俺達に、離れろって命令を出して、その上、殿下の婚約者に不埒なことをしようとするとはなぁ。ばかだなー』

『あー。俺達も命令違反になるのか？　けど、しょうがないよなー。公爵の命令だもんなー。まぁでも、すぐに殿下に知らせに走ったから、ぎりぎり間に合ってよかった』

二人の騎士はそう呟き、そしてもう一人、アシェル殿下の横に控える男性からは、いつもの声が聞こえた。

『ぼん、きゅー、ぼーん』

「殿下、部屋は確保してあります。そちらへとお願いします。これまでのダドリー公爵のエレノア嬢に対してのストーキング行為についても、資料をまとめてありますので、ご確認ください」

丸眼鏡を掛けて、真面目な印象の銀髪に琥珀色をした瞳のアシェル殿下の側近はコナー侯爵家の次男であるハリー様である。

ハリー様は眼鏡をくいっとあげている。

「騒ぎにならないうちに、移動しましょう」

『ぼん、きゅー、ぼーん』

この人が側近で、アシェル殿下は大丈夫だろうかと思い、怖かったという感情が一瞬遠のくのであった。

暖かな毛布を肩から掛けられ、手には甘いココア。

私は、アシェル殿下と向き合って座りながら、窺うように、視線を向けた。

先程から不思議なことに、アシェル殿下から一切心の声が聞こえない。その代わりなのか、側近であるハリー様の方からは煩いくらいに聞こえてきていた。

『ぼん、きゅ、ぼーん』

「殿下、エレノア嬢が待っていますよ」

顔は平然としているのにもかかわらず、頭の中はそればかりなのかと私は思う。

たまにハリー様のように、頭の中では意味のないことばかりを考えて、ちゃんと考えるべきことは口に出す人間がいる。

ハリー様はその最たる人である。

その時、アシェル殿下がゆっくりと口を開いた。

「エレノア嬢」

『あぁぁーーー。はぁ、きっとエレノア嬢の方が大変なのに、僕の方が落ち込んじゃったよ。これじゃあダメだ』

「はい」

アシェル殿下と私はしばらく見つめあい、そして、アシェル殿下は言った。

「ここは、安全です。エレノア嬢のご両親には、私の方から連絡しておきます。今日はここに泊まり、ゆっくりして行ってください」

『今の状態で家に帰すのは心配だし、とりあえず、今日はもうゆっくりしてもらおう』

「え？　ですが、ご迷惑では」

私は驚いてそう言うと、アシェル殿下は困ったように微笑みを浮かべた。

「私が、心配なのです。エレノア嬢。恐ろしかったでしょう。あのようなものがいたとは……」

『こんなことがあっても、甘えてくれないのかぁ……僕はまだ頼りないのだろうな。うん。よし！　気合をいれて、エレノア嬢に頼ってもらえる男にならなきゃ！』

その言葉に、私は手をぎゅっと握り、そして気になっていたことを口にした。

「殿下は……私が、男性を誘惑したとか、思わないのですか？」

胸の中で気になっていたことを尋ねてはみたものの、口にしてから後悔した。

もしこれでアシェル殿下が内心でどう思っているのか、私を淫乱だと思っているとしたら、私はそれが急に怖くなった。

「……エレノア嬢、私はそのような事は思いません」

『もしかして、エレノア嬢はそんなふうに、よく言われるのかなー。なんだそれ、誰が言ったのだろう。女性のエレノア嬢が、男性の力に勝てるわけがないのに……そんなこと……言われて、どれだけ辛かっただろう』

アシェル殿下は静かに私の隣へと移動すると、私の手を優しく握った。

「エレノア嬢。私には貴方が可愛らしい女性にしか見えません。とても男性を誘惑する様な、そのような女性だとは思っていませんよ」

『僕はそんな風に思わない。ちゃんと、伝わるといいのだけれど。僕にとってエレノア嬢はとても可愛らしい人だし、どう言ったら、伝わるかなぁ』

私は顔まで真っ赤になるのを自分で感じながら、視線を泳がせた。

「あ、えっと、その」

何と返せばいいのだろう。

『わぁぁぁ。顔真っ赤。こんなに可愛らしい人が誘惑したとか、ふふっ。なんだろうなぁ。でも、こんな可愛いエレノア嬢が見られるのは僕だけって思うと、得した気分だなぁ。やったねぇ』

私は初めて、心の声が聞こえて、こんなにも恥ずかしく感じた。

直接的な男性の性的な視線にさらされることはあっても、こんな風に純粋に言われることはないために、免疫がない。

「えっと、あの……」

「エレノア嬢？　ふふ。本当に可愛い人ですね」

『可愛いなぁ。うん。この可愛いエレノア嬢を守るためにも、ちゃーんと、僕がしっかりしないとね！』

「い、いえ」

私は、可愛いのはアシェル殿下の方なのにと、内心思いながら、何となく、釈然としない思いをしたのであった。

「私はその他の手配をしてまいりますので。では、失礼いたします」

『ぼん、きゅー、ぼーん』

最後まで、ハリー様の頭の中が変わらなかったことに、私は内心苦笑を浮かべた。

第二章　射止める瞳

私は朝目覚めると、侍女からアシェル殿下が昼に話をしたいということでそのまま城に留まることとなった。

最初ドレスはどうするのだろうと思っていた私であったが、アシェル殿下が手配し、すでに何着ものドレスが準備されており、私は朝から驚くのであった。

侍女に手伝ってもらい、今日は大人しいけれどもふんわりとした可愛らしい印象の緑のドレスを身に着ける。

いつもは両親から自分の好みと言うよりも、私の印象に合うようなドレスばかりを強要されていたので、可愛らしいデザインのそのドレスに、私は気分が上がる。

髪の毛や化粧も、いつもの派手なものから、あっさりとしたものに変えられ、私は自分の姿にほっと息をついた。

「お嬢様はこうしたメイクも似合いますね」

『かっわいいぃー。これは殿下も惚れ直すわー』

侍女にそう声をかけられ、私は鏡に映る自分を、角度を変えて見つめながら、頬に手を当てた。

「似合いますか？」

思わずそう尋ねてしまう。

すると侍女は優しげに微笑むと言った。

「はい。とてもお似合いです」

『エレノア様は磨きがいがあるわぁ。もっともっと可愛くも出来るし美しくも出来る！　あぁ、この方が王宮にいらっしゃる日が待ち遠しいわぁ』

心の中でうきうきと楽しそうな侍女に、エレノアは微笑みを返し、それから城の使用人達はとても優しい人ばかりだなと思った。

執事も、侍女も、皆がエレノアのことを好印象で迎えてくれる。

男性になるとやはりそういう目で見てくる者もいるが、それでも実家よりははるかにましであった。

エレノアは朝食を済ませた後に庭に散策に出たのだが、そこでふと気になる声が聞こえた。

『あれが、公爵家の妖艶姫か。ふん。まぁたしかにそれなりではあるが、あれが第一王子の婚約者か』

どこからか自分を眺めているであろう声の主は、一体何者だろうかと思いながら、私は庭を歩いていく。

『アシェル王子は完璧だともてはやされているが、婚約者はどうか。うちの国としては、利用できればそれでいいが、ここで一度接触しておくべきか……』

妃候補となるということは、なるほどこういうこともこれからあるのだなと思いながらも、私はその声に少しばかり好感を抱いていた。

声は、政治的な利用という点を重視しており、自分自身をいやらしい視線で見つめてこないことがありがたい。

『あー。だが、どうするかな。第二王子派の過激派が第一王子暗殺を企てていると言う話もあると聞くしな』

その言葉に、私は足を止めた。

暗殺？

アシェル殿下が？

私は静かに歩いていた方向を変えると、声がする方へと足を向ける。

あくまでも散歩でこちらへと興味が移り、偶然にという雰囲気をかもしながら。

『ん？　こっちに来る……か。うん、まぁ笑顔で好印象でも残しておくか』

庭の生垣を曲がり、私はそこにいた人と目があった。

浅黒い肌に、美しい金色の髪と澄んだ空色の瞳。

隣国アゼビアの王子は、額に王家特有の入れ墨をいれる慣習となっており、私はすぐに頭を下げ、一礼をする。

「ごきげんよう。アゼビア王国第四王子殿下にご挨拶申し上げます」

私は頭の中で名前はなんだっただろうかと思い出す。

ジークフリート・リーゼ・アゼビア。アゼビアの第四王子にして、いずれは国の外交全般を任せられるであろうと言われている男である。

そして、物語の攻略対象者としてアプリゲームのタイトル画面に描かれていた。かなり作画には力を入れられていたのだろう。美しい外見も、身に着けている装飾品も一級品であった。

ゲームの中のジークフリートもエレノアに心を奪われた男の一人であった。けれど現在は私とかかわりを持ったことはない。

つまりこのままいけばジークフリートとは何もないままで終わるはずである。

妃教育で隣国アゼビアの情報についても学ぶことがあり、現在は両国の友好関係を築いていくために、我が国へと訪問していると聞いていた。

昨日のこともあったからこそ、後ろで控えている護衛が緊張した面持ちに変わる。

『おいおいおい。やめてくれよー』

『隣国の王子が何でここにいるんだよー』

情けないその声に、私は笑いそうになるのを堪えながら、ジークフリートの返事を待つのであった。

「おはようございます。たしか、アシェル殿の婚約者のエレノア嬢ですよね」

『笑顔振り撒いて、好印象を残しておくかな。女なんて、ちょろいものだしな。愛想を振り撒いて笑ってやればすぐにしっぽを振ってくる』

爽やかな笑顔とは裏腹な心の声に、エレノアは王子という生き物は内面と外面が違うことが多いのだろうかと思った。

ただ、多少性格は悪いなとは思うものの、自分のことを恋愛対象的な異性として見てこないことには安堵した。

「はい」

「どうぞ僕のことはジークフリートと気軽にお呼びください。これからは国同士仲がいいこともあり何かと会う機会も多いでしょうから」

『アシェル殿が生き残れば、の話だけどなぁ』

不吉なことを考えないでほしいと思いつつ、ジークフリート様はどこまで知っているのだろうかと、私は笑みを携えて尋ねる。

「ジークフリート様は、国外の方とのお知り合いも多いのですか？」

「ええ。そうですね。他国との関わりもこれから今以上に深めていけたらと思っております」

『アシェル殿がもし、暗殺された場合、しばらくこの国は荒れるだろうしなぁ』

「そうなのですね。近々、近隣諸国の方を招いた舞踏会も開かれるそうですが、そちらにも参加されるのですか？」

「ええ。そうさせてもらうつもりです」

『ただ、その日に暗殺の企てがありそうなんだよなぁー。もしもの時には体調不良で欠席するかな。ゴタゴタに巻き込まれるのは面倒だ』

「そうなのですね」

ゲーム内で舞踏会は、攻略対象者をダンスに誘って好感度を上げるというイベントであったが、現実は違う。

ジークフリート様から有用な情報を聞けたことに安堵しながらも、暗殺の方法は一体どのような手法で来るのだろうかと考える。

舞踏会での暗殺というならば、毒殺か、もしくは不意を衝いたものか、私は考えながらふと、ジークフリート様の視線を感じて顔を上げた。

「何か考え事ですか？」

『しまった。見てたことがばれたか。近くで見ると予想以上に綺麗だな』

「いえ」

私はそろそろ離れた方がいいかと思っていた時、いつものあの声が聞こえた。

「ジークフリート様、こんにちは。エレノア様、アシェル殿下がお呼びです」

『ぼん、きゅー、ぼーん……と、腹黒王子』

ハリー様は眼鏡をくいっと上げると、私とジークフリートの間に割り込む形で現れた。

私は間に入ってくるのはどういう意味だろうかと考えるが、ハリー様の頭の中は、あまり語ってはくれない。

「ハリー様、呼びに来てくださったのですね」

「ご案内します。では、ジークフリート様、失礼いたします」

私もジークフリート様に一礼をした。

「失礼いたします。お話しできて楽しかったです」

「こちらこそ。では、また」

『アシェル殿の陰険眼鏡側近か。っふ。アシェル殿はエレノア嬢のことを大切にしているのだな。なるほど、僕と二人きりにはさせたくないのかな……意外に束縛するタイプなのだろうかなぁ』

ジークフリート様の言葉に、私は頬を赤らめると、ジークフリート様は何を勘違いしたのか笑みをこぼす。

『やっぱり女はちょろいな』

私は思わず、ハリー様に向かって言った。

「アシェル殿下にお会いできるのが楽しみです！　どちらにいらっしゃるのですか？」

ジークフリート様に好意を寄せているとは思われたくなくてそう声を上げたのだが、一瞬、ジークフリートの眉間にしわがよる。

『何だと？　まさかこの女、僕よりアシェル殿の方が良いってことか？』

勘違いされなかったことにほっとしながらも、ジークフリート様はかなり自分に自信を持っているのだなと思うのであった。

たしかにジークフリート様はかなりの美形であり、体つきもさりげなく鍛えているのが分かる。女性にしてみればジークフリート様のような異国の男性は魅力的であり、自国の男性にはない色気を感じさせられるだろう。

けれど私にとってはあまり興味を抱く対象ではなかった。

私は、アシェル殿下が傍にいてくれればそれでいい。

ハリー様に案内されたのは、アシェル殿下の執務室の隣にある客間であった。

そこにはまだアシェル殿下の姿はなく、しばらくの間、侍女がお菓子やお茶を準備してくれて、それを楽しみながら待つこととなった。

ハリー様は、そんな私にこっそりと言った。

「実のところ、エレノア様がジークフリート様と接触したとの連絡を受け、アシェル殿下が慌てて僕を送り込んだのですよ」

『ぼんきゅーぼーん』

「え？」

私が首を傾げると、ハリー様は楽しそうに笑った。

「殿下のやきもちですかね？　ふふっ」

『ぼんきゅぼんが大切なんだなぁ』

私は、嬉しいような、何ともいえない感情を抱くのだが、静かに思う。

もしかしてハリー様は私のことを頭の中でぼんきゅぼんと呼んでいるのだろうかと。

あと、頭の中では意味のない言葉ばかりを考えて、考えを口に出す人だとは思っていたが、頭の中がその単語しかほとんど出てこないのはいかがなものだろう。

ハリー様の頭の中の思考回路がどうなっているのかが気になるのであった。

しばらくした後に、アシェル様は慌てた様子で部屋へと駆けこんでくると、笑顔で言った。

「エレノア嬢、お待たせしました」

『ジークフリート殿に会ったと聞いたけど、大丈夫だったかな？　彼は、見た目はさわやかな好青年だけれど腹黒だからなぁ。エレノア嬢は、どう思ったのだろう』

私はそれを聞いて、アシェル殿下もハリー様も人の心の声は聞こえないのにしっかりと把握されているのだなと尊敬する。

「お仕事お疲れ様です」

「いえ、もう少し早く終わらせられたらよかったのですが。朝は庭に散歩に行ったようですね」

『えー。大丈夫かなぁ。ジークフリート殿の外見に騙されてなんて……ないよね？』

何と答えればいいのだろうかと思いつつ、アシェル殿下を見つめると、不安そうにこちらを見つめる視線に、私は胸がトクリと鳴った。

薄らとではあるけれど、もしかしたらアシェル殿下は嫉妬に似た感情を抱いてくれているのだろうか。

そう思うと、何となく、こそばゆいような、嬉しいような気持ちになる。

そんな姿もまた可愛く感じてしまう。

「朝の散歩は気持ちが良かったです」

「ジークフリート殿に会ったと聞いたけれど、彼は中々のやり手な人間だから、会う時には注意するようにしてくださいね」

『エレノア嬢は可愛いのだから、気を付けないと……男は狼なんだぞ。いや、それは分かってるか？　うーん』

「そうなのですね。気を付けます」

私が素直にそう答えると、アシェル殿下はほっとしたようにうなずいた。

アシェル殿下から男は狼なんて言葉が出るとは思わなかったけれど、少しだけ、アシェル殿下をちらっと見て思う。

アシェル殿下も狼なのだろうかと。

そんなことを考えて、私は慌てて火照る顔を振ったのであった。

「え？」

『なぁに？　え？　可愛いけど、ちょっと待って。ジークフリート殿のこと、もしかして？　え？　え？』

「すみません。あの、その、アシェル殿下と会えたことが嬉しくて」

慌てて、嘘ではなくそう思ったことを言うと、アシェル殿下が目を丸くした。

「へ？」

『へ？』

現実の声と心の声が重なり合い、アシェル殿下の顔が見る見るうちに赤く染まっていく。

私も思わず顔がどんどん赤らんでいくのを感じた。

二人でもじもじとしていると、少し離れている場所からこちらを見守っていたハリー様が小さくため息をついたのが見えた。

『ぼん、きゅ、ぼん』

何を考えているのかは分からなかったけれど、何となく気恥ずかしくなったのであった。

「そ、そうだ。エレノア嬢。今度何か贈り物をしたいと思っているのですが、何か欲しいものはありませんか？」

『婚約してから中々プレゼントも渡せていなかったし、今回大変な目にも遭ったから、喜ぶものをプレゼントしたいな』

その言葉に、私はアシェル殿下から贈り物をもらえるなんてと嬉しく思った。何か欲しいものがあるかと聞かれれば、特に思いつきはしなかったけれど、アシェル殿下から贈ってもらうということに特別感を感じた。

「嬉しいです。欲しいものは、あの、特に思いつかないのですが……」

そういうと、アシェル殿下は少し考えるように顎に手を当てるとそれから視線をあげて言った。

「なら、今回は私が選びましょう。楽しみにしていてくださいね」

『わぁぁぁ。悩むなぁぁ。何がいいかな。ふふふっ。婚約者の為にプレゼントを選ぶなんて楽しすぎる。エレノア嬢に似合うものをプレゼントしたいなぁ』

プレゼントのお返しは何にしようかと、私はプレゼントをもらえることも嬉しいけれどそのお返しを考えるのも楽しいなと思ったのだった。

アシェル殿下とはそれからずいぶんと仲良くなってきた。

お互いに贈り物をしあったり、手紙をやりとりしたり、私はこんなにも幸せでいいのだろうかと思っていたのだけれど、ジークフリート様から聞いた暗殺者という言葉が何度も頭をよぎっていく。

だからこそ、このまま、のんびりと過ごすわけにはいかない。私はアシェル殿下の命を守るために、今まではこの心の声を使って何かをしてきたことはなかったけれど、社交界に出たり、お茶会の度に様々な人の心の声を聴いたり、情報収集をするようになった。

その結果、分かったことは意外と人の心の中は様々な情報で溢れているということである。

そして、平和に見えるようで、案外平和でない部分も見え始めて、私はアシェル殿下とのお茶会の席で、思わずそわそわとしながら言った。

「アシェル殿下……あの、今度開かれる舞踏会、楽しみですね」

アシェル殿下は優雅にお茶を一口飲んだのちに顔を上げると頷いた。

「えぇ。そうですね。エレノア嬢と一緒に過ごせる舞踏会は楽しみでなりません」

『エレノア嬢、今度は何色のドレスをプレゼントしようかなぁ。楽しみだなぁ』

うきうきとするアシェル殿下の心に、私は恥ずかしくなりながらも本題に迫るように尋ねていく。

「そういえば、舞踏会には、隣国諸国の方以外に、第二王子殿下も参加されるのですよね？」

第二王子であるルーベルト殿下はアシェル殿下より三つ年下であり十三歳である。アプリゲームの中ではショタとして大人気であったことは覚えている。

出来れば一度ルーベルト殿下に会って、暗殺を企てているのがルーベルト殿下の本意なのかを把握しておきたい。

現状は、過激派の一部が盛り上がっているように感じるのだ。

「ん？　そうですね。ルーも参加しますが……そう言えば、今日は城にいると言っていました……」

『ルーにも紹介しておかないとだなぁ。いや、伝えてはあるけどさ、ちゃんと牽制《けんせい》しておかないと、あいつ、綺麗な人好きだからなぁ……会わせずにいるのは無理だしなぁ……』

予想外の心の声に驚いていた時であった。

ふと視線を感じて城の方を見上げると、二階の窓からこちらを見て、にやついている人物が目に入った。

『うっは！　超美人～！　うはぁぁぁ。兄上うらやましいなぁ～』

話題のルーベルト殿下がまさかこちらを見ているとは思わなかった。

兄弟というだけあって、アシェル殿下とルーベルト殿下はよく似ている。ただ、ルーベルト殿下の髪色はアシェル殿下よりも色素が薄く感じた。瞳の色も、アシェル殿下の菫色よりも桃色に近い色あいだ。

私の視線を追ってルーベルト殿下を見つけたアシェル殿下は少しだけ嫌そうに呟いた。

「噂をすれば影がさすですね」

『あいつ、僕達がここでお茶会することを嗅ぎつけて、覗きに来たなぁ。見るなよー！　エレノア嬢が減る！』

何が減るのだろうかと思いながら、こちらに楽しげにひらひらと手を振るルーベルト殿下の心の声は賑やかであった。

『兄上、焦っているな。あの顔。ふっふっふ～。からかいに行こう。ふふふ！　まぁそれにしても、本当に綺麗な人だなぁ。妖艶姫っていう異名もうなずけるー！　あー。うらやましい！　うらやましい！　ふむ……子どものふりして、ぎゅってしてもらえないかな？　いけるか？』

自分の欲望に素直なお子様だなと思いつつ、自分の婚約者がアシェル殿下で良かったと思う。兄弟でもこんなにも性格が違うのだなと感じた。

『いけるか？　や、いってみせる！　男の子だもん！　綺麗なお姉様にぎゅってしてもらいたい！』

どう仕掛けてくるのだろうかと一抹の不安を感じつつ、それでも見た目はアシェル殿下を小さくしたように可愛らしいので、何とも言えない。

傍に控えていたハリー様が言った。

「アシェル殿下、ルーベルト殿下は朝の勉強の時間をずらしたという情報が入っています。おそらくこちらにいらっしゃるかと」

『ぼん、きゅ、ぼーん見学だろーな』

私はその言葉に、少しずつハリー様の心の声がぼん、きゅ、ぼーん以外も聞こえるようになってきたぞと、驚いたのであった。

それからこちらへとルーベルト殿下が来られるとの連絡があり、侍女たちはすぐにルーベルト殿下の席も用意をした。

『よし！　行ってみせる！　男の子だもん！』

そんな心の声が聞こえたかと思うと、笑顔をきらきらと振り撒きながら、ルーベルト殿下がこちらに向かって走ってきた。

アシェル殿下と私はルーベルト殿下を出迎えるために立ち上がり、アシェル殿下はルーベルト殿下に片手をあげた。

「ルー。よく来たね」

『見学かぁ？　もう。本当にルーってば可愛い外見最大限に利用してくるから油断できないぞ！　さぁ来い！　エレノア嬢は僕が守る！』

勢いよくこちらへと走ってくるルーベルト殿下は、本当に外見は可愛らしい。

「兄上ぇ～！」

『よし！　勢いだ！　勢いで押し切る！』

アシェル殿下を小さくしたような可愛らしい見た目でそんなこと考えないでと思ってしまう。

けれど勢いで押し切るとはどういうことだろうかと思っていると、私に向かって両手を伸ばして走ってきた。

「え？」

「エレノア義姉様！　お会いできるのを楽しみにしていました！」

『よし！』

そして見た目は可愛らしい少年のきらきらとした眩しい笑顔で、私の胸へと飛び込んでこようとした。

こういう事か、これはよけられないなと思っていると、すっとアシェル殿下が私の前へと出て、飛び込んできたルーベルト殿下を抱き上げ、その場でくるくると回した。

「はっはっは。可愛い弟だなぁ」

『魂胆は見え見えだよ。むぅ。僕にお前の可愛らしい姿が通用すると思うなよ！　エレノア嬢に抱き着く気満々だったな！　こいつめ！』

「わぁ～。たのしいなぁ～。兄上ぇぇぇ」

『つくそぉ。見破られたか！　ぎゅってしてもらいたかったのになぁ！　くっそぉ』

見た目とても清らかな印象の仲の良い兄弟のやりとりなのだけれど、内心では別の意味で仲のよさそうな兄弟のやりとりだなと私は思った。

本当に仲がいいのだなと思いくすりと笑うと、二人は目を丸くしてこちらを見た。

『エレノア嬢！　もう！　可愛い笑顔をなんでこいつにも振り撒くかな⁉　だめだよ！　減るよ！減っちゃうよ！』

『か、かわいい。え？　何それ。反則技だよね？　えぇぇ。かわいい。兄上すごくうらやましいのですけれど⁉　え。あぁぁぁ。うらやましい！』

私は二人の言葉がくすぐったくて、笑いが止まらなくなってしまった。すると二人も一緒になって笑ってくれて、それがとても幸せに感じられた。

その後、お茶会の席が整えられ、私とアシェル殿下の間にルーベルト殿下は座った。

「兄上の婚約者であるエレノア義姉様と一緒に過ごせて嬉しいです。あ、そのうち義姉様になるので、この呼び方でもいいですか？」

『うっは～。やっぱり超美人～！　ってか、美しすぎる！　っはぁ～。本当にうらやましすぎる』

頭の中でこんなことを考えているのかと、私は思いながら、やはり人とは外面だけでは分からないのだなと、思いつつ笑顔を返す。

「殿下がいいのであれば。私のことは好きにお呼びください」

ちらりとアシェル殿下に視線をやると、微笑を携えて言った。

「そうですね。いずれ結婚するのですし、いいのではないですか」

『こいつ～。つくそぉ。邪魔しに来たのはエレノア嬢が減るから嫌だけど、うん。義姉様か。うん。あー。結婚かぁ。エレノア嬢となら本当に、幸せになれそうだなぁ～』

アシェル殿下の心の声が照れくさくなりながらも、結婚を楽しみにしてくれているのだなと嬉しくなった。

そんな私達の様子を見たルーベルト殿下は、にやにやとした笑みを浮かべながら目の前の紅茶を一口飲む。

『結構いい雰囲気じゃん。ふ～ん。うらやましいなぁ～』

私はその声に、心がうきうきとしだしたのだが、ここではっと思い直して気合をいれた。

せっかくのチャンスである。ここでルーベルト殿下がアシェル殿下の事を暗殺しようとしているのか、それを見定めておきたい。

「ルーベルト殿下も、今度の舞踏会に参加されるのですよね？　楽しみですね」

「ん？　あー。そうですね！　義姉様も参加するのですよね。きっと綺麗でしょうねぇ」

『あー。舞踏会面倒だなぁ。兄上と一緒に、一掃する計画もあるし……あぁ、面倒。でも、義姉様のドレスは楽しみだなぁ』

「ふふ。褒めていただけるように頑張ります」

私の心の中は動揺の嵐である。

一掃する計画とはなんだろうかと思っていると、アシェル殿下の心の声が聞こえてくる。

『僕、その舞踏会で毒を盛られる予定なんだよなぁ。あー、面倒くさいなぁ。けど、過激派を一掃しないと、後々面倒くさいしねぇ～。頑張ろう！』

それにまるで連動するようにルーベルト殿下も心の中で呟く。

『っていうか、本人認めてないのに、勝手に過激になって僕を支持するってやめてほしいよねぇ。僕はいずれハーレムつくってウハウハに暮らすのが夢なのにさぁ～』

私は目の前の紅茶の湯気を見つめ、そしてカップに手を伸ばすとゆっくりと口をつけた。

自分は心の声が聞こえると言うのに、聞こえない殿下たちのほうが何枚も上手な様子である。

何となく、自分の役立たず感を感じながら、私は自分にできることを探すしかないなぁと、思うのであった。

『ぼん、きゅ、ぼーん』

ハリー様だけは、いつものように、頭の中が絶好調であった。

今日、私の着ているドレスは、青色を基調としたものでありカラフルな花々がちりばめられている。ふんわりと広がるそのドレスの後ろには大きな羽のようなリボンが広がり、まるで蝶のようである。

今までこういったドレスはあまり着たことが無かったのだが、アシェル殿下が今回の一押しのドレスはこれだととても楽しげな様子でプレゼントしてくれたのである。

「……毒を盛られる予定の舞踏会だっていうのに、アシェル殿下は余裕ね……」

部屋の中で私は思わずそう呟き、そして、気合を入れる。

アシェル殿下達は私の一枚も二枚も上手だけれど、もしかしたら、私にもできることがあるかもしれない。

だからこそ、気合を入れる。

「私に出来ることを見つけましょう！」

私はその後アシェル殿下と共に舞踏会へと参加する。

アシェル殿下は藍色で私のドレスと色を合わせており、私は一瞬見惚れる。

「エレノア嬢は、何でも似合いますね」

『今回のドレスもよく似合っているー。うん、僕ってセンスがあるな。エレノア嬢が可愛すぎるよー。でもいつも思う。可愛いエレノア嬢を独り占め出来ないのが……あ、僕って本当に器が小さい。むぅぅ』

「ありがとうございます。アシェル殿下も素敵です」

「本当に？　ふふ、ありがとうございます」

『わぁぁぁぁ。かっわいい。ふんわり笑ったら妖精さんかな？　ここに、妖精さんがいるよ？　あぁ、今日は気合を入れないといけないっていうのに、気合が抜けちゃうよ』

それは困ると思いながらも、アシェル殿下の声はとても心地の良いものだった。

そこへルーベルト殿下も現れ、挨拶を交わしたのだけれど、相変わらずの心の声であった。

「エレノア義姉様！　わぁぁ。今日は一段とお美しいですねぇ～」

『っすごいなぁ！　わぁぁぁ。綺麗だ。……うらやましい。けど、兄上って結構肌の露出少ないドレスが多いんだよなぁ。こう、もっと似合うドレスを着てほしい。もっとこう、エレノア義姉様のスタイルの良さを際立たせるようなさぁ』

それは嫌だなぁと思いながら微笑みを携えていると、ルーベルト殿下が少し表情を柔らかくして微笑みを返された。

『やっぱり僕に見せる笑顔と兄上に向ける笑顔って違うんだぁ。ふ～ん。兄上、よかったね。一途に思われてうらやましいよ』

その言葉に、そんなに違うだろうかと自分では分からないために思う。

「それじゃあエレノア嬢。行きましょう」

『よし！　がんばるぞぉ～』

「はい」

アシェル殿下と手を取り合い会場へと入っていく。私はたくさんの視線を浴び、それと同時にたくさんの声が聞こえ始めた。

いつものように舞踏会場の中は様々な声で溢れかえっており、気分が悪くなる。

けれど、慣れてくれれば、誰が何を言っているのか、心の声に集中すれば聞こえてくる。

私達はファーストダンスを踊り終えると、それに次いでルーベルト殿下が令嬢と踊る。そして、他の者達が踊り始める。

ダンスホールは令嬢達という美しい花で色とりどりに煌めく。

アシェル殿下と私は一緒に会場内を回り、貴族らへと挨拶をしていく。

私はそんな中で、アシェル殿下への皆の期待や、不満に思っている者達の心を読み取りながら、頭の中に記憶していっていた。

その時である、執事が持ってきたワインを、アシェル殿下が受け取った。

『飲め、飲め！　さぁ早く！　それを飲んで死んでしまえ！』

悪意のこもったその声に、私はごくりと息を呑みながら、声の主を見つける。

第二王子過激派に属するロラン伯爵、エージアン男爵、ジャルド子爵などなどがさりげなく視線をワインへと向けにやりと笑う。

私は大丈夫だろうかとアシェル殿下へと視線を向けると、アシェル殿下は飄々とした顔でワインを飲み干した。

『きたきた～。あぁ、よかった。ちゃんと動いてくれて。これで一掃できるなぁ。ちゃんと今回かかわった者達は調べてあるし、僕に毒を盛った罪で咎められるし、うんうん。いい感じー』

私は目を丸くした。

今、アシェル殿下は毒を飲んだのだ。

「アシェル殿下？」

思わず声をかけると、アシェル殿下は小首を傾げた。

「どうしました？」

『不味かったな。まぁ、多少の毒は平気だし、潜入させていた仲間に毒はすり替えてもらっているし、念のために解毒薬も飲んでいるから大丈夫なのだけどさぁ〜』

その言葉に、私は静かに息を呑んだ。

王族とは、命を狙われることもある。だからこそ、毒に幼い頃から慣れさせるとは聞いたことがある。

けれど、それを平然と受け止めるアシェル殿下に、私は胸が痛くなった。

「アシェ」

名前を呼ぼうとした時であった。私の耳に、心の声が響く。

『くそっ、何故死なない。あぁっ！　くそ、もしやばれていたのか。くそくそくそ。どうにか逃げる方法は⁉　そうだ、騒ぎを起こせばいい！』

私は思わず後ろを振り返る。

視線の先にいたロラン伯爵が、近くにいた執事の持っていたワイングラスに何かを入れるのが見える。

そしてそれは運ばれていくのだが、それがジークフリート様の手に渡るのが見えた。

『あー、どうやら王子様達はちゃんと把握していたみたいだな。後は主犯が後から捕まるっていう算段かな』

私はアシェル殿下に言った。

「すみません、少し化粧を直してまいります」

「ん？　あぁ、わかりました。お気をつけて」

『どうしたんだろう？　焦っている？』

私はあくまでも優雅に見えるように会場内を移動し、そしてジークフリート様の横を偶然にも通り過ぎようとした体を装う。

そして、ふと、視線が重なるように顔を上げる。

ジークフリート様と視線があい、私は、もっとも男性が好む、美しい微笑を携えた。

エレノアに生まれ変わって、男性達から逃げる方法を学んだ。そしてそれと同じように父や母に教育の一環として愛想の振り撒き方を教え込まれた。お前は見た目がいいのだからと、それを利用しろと言われたこともあった。

今までそんな機会はなかったけれど、この外見を生かすならば今だと思った。

『なっ!?』

ジークフリート様の心は荒れ、そしてワイングラスを手から落とした。

◇◇◇

その微笑を見た者達は、息を呑んだ。

艶めかしい、赤い唇がゆっくりと弧を描き、アーモンド形の大きな瞳がこちらを見つめる。

アシェル殿下の婚約者となったエレノア嬢は妖艶姫として名高い令嬢で、その魅力はその艶めかしい肢体と美貌であった。そんなエレノア嬢が、微笑んだ。

微笑む姿は、ここ最近、アシェル殿下の横であれば見ることが出来るようになった。

けれど、そういった類の微笑ではない。

今、エレノア嬢が浮かべた微笑で、何人の男の心臓が射貫かれたであろうか。

恐らく一番、混乱しているのはジークフリート王子であろう。

顔を真っ赤にして心臓を押さえ、ワインを落としたことにさえ気づかずに、呆然とエレノア嬢が去っていた方向を見つめている。

自分自身に何が起こったのか分からずにいるその表情は、惚けている。

そして数人の男性は両手で顔を覆い身もだえている。

何という破壊力のある微笑であろうか。

よくよく観察してみれば、女性の中にもその微笑に射貫かれたものがいるようで、顔を赤らめながら、エレノア嬢について何やら集まって語りだす集団さえいる。

アシェル殿下は大変な方を婚約者にした。

僕はそう思いながらも、落ちたワイングラスを片付けるように執事に命じながら、呆然としているジークフリート王子の横で、そのワインから微かに異臭がすることに気付く。

何だろうかと臭いを嗅ぎ、微かに毒の臭いをかぎ取る。

これは、アシェル殿下に盛られるように最初に計画されていた毒である。

僕は遠くに逃げていく伯爵の姿を目でとらえ、それからエレノア嬢の立ち去った方向を見つめる。

偶然か、必然か。

「っくそ……なんだ、これ、顔が、熱い」

ジークフリート王子の呟きに、僕はどうしたものだろうかと頭が痛くなってくるのを感じる。

他国の王子と女性の取り合いなど出来る限りしてほしくはない。だからこそ、ジークフリート王子には胸に秘めていただきたいと思うのであるが、どうなるだろうか。

「この俺が？　まさか、たかだか一人の女なんかに？」

心の声がだだ漏れているジークフリート王子に、僕はため息をつきながらもその場から離れる。

執事には、片付けた後に毒などが入れられていなかったか調べるように伝えてある。

ジークフリート王子が飲まなかったことが幸いではあるが、速やかに片付け処理しておかなければ国際問題になりかねない。

その時だった。

会場内に彼女が帰って来るのが見えた。僕はアシェル殿下の指示通りにエレノア嬢を迎えに行く。

◇◇◇

私は化粧を軽く直して会場に帰ると、私の元へと向かってくるハリー様と目があった。

『ぽん、きゅ、ぽん』

頭のよさそうな見た目をしているのに、ハリー様の思考回路は未だに理解不能である。

ハリー様と一緒にアシェル殿下の元へと帰ろうとしていると、そこからは心の声の嵐のようであった。

『美しい、せめて一夜の夢だけでも！』

『エレノアタン！　エレノアタン！　愛してるぅ〜』

『あーもう、最高すぎる。はぁぁぁ！　女神だ！　女神が降臨した！』

『あぁぁぁぁぁ。アシェル殿下がうらやましいぃ！』

男性らの心の声の嵐に、私は頭を押さえたくなるのを必死で堪えると、表情をすんっと消し、男性達が話しかけにくい雰囲気を体に纏うと、アシェル殿下の所へと一目散に帰ろうとした。

とにかく一時でも早くアシェル殿下の所へ帰りたい。そう思ったのだけれど、そんな私の目の前に、ジークフリート様が現れた。

さっき、貴方危なかったのよ？　感謝してほしいのだからと思いながら、だからそこをどいてと言いたくてたまらない。

「エレノア嬢。こんばんは。本日もとてもお美しいですね」

『わぁぁぁっぁ。何だこれ、何だよこれ。顔が、熱い。俺、どうしたんだ？　こんな女、どこにでも、どこにでも……いないか。くそっ。何だよこれ』

心の中で大混乱しているジークフリート様に、私は一体どうしたんだろうかと思いながら小首をかしげる。

「ありがとうございます」

とりあえずはそう答えたのだが、心の中は更に荒れていく。

「よろしければ一曲お付き合いいただけませんか？」

『こてんって、こてんって効果音が聞こえたぞ⁉　え⁉　何だよこれ』

姿勢としては、ジークフリート様は私に手を差し出している。

ただ、頭の中で効果音が聞こえるとは、ジークフリート様も何かしらの力でもあるのだろうか？

それとも何かの造語なのだろうかと考えるが、そこで一つの考えが頭をよぎる。

毒には口を付けていないと思っていたが、飲んでいたのだろうか。

そして意識が混濁しているのではないか。

そう思い、私は思わずジークフリート様の差し出された手を握る。

手はかなり熱いように感じて、私は尋ねた。

「ジークフリート様、大丈夫ですか？　手がとても熱いようですが、熱があるのでは」

「いえ、大丈夫です」

『手がぁあっぁあっぁあっぁあっぁあっぁ』

いよいよ大丈夫かと心配になり、顔を見上げる。

『上目遣いぃぃぃぃぃぃぃぃぃぃっぃ』

『ぼん、きゅ、ぼん！』

「え？」

思わずジークフリート様から手を離し、ハリー様を振り返る。

心の声についつられてしまったと思うが、目が合ったハリー様は首を横に振った。

これは、ダンスを踊ってはダメだと言うことだろうかと思っていると、ジークフリート様が多少鼻息荒く私の手をもう一度取った。

「いきましょうか」

『頑張れ俺、頑張れ俺。って、恋愛初心者じゃないんだから……しっかりしろ！　俺！』

その時だった。

私のもう片方の手をアシェル殿下が引き、自分の胸の中へと私を抱き込んだ。

突然のことに私が動揺していると、アシェル殿下の心地の良い声が聞こえる。

「エレノア嬢。そろそろ、戻ってきてください」

『ジークフリート殿……何のつもりだよ。やめて、エレノア嬢は、僕の婚約者だよ！　減るから！』

少し速く鳴る心臓の音が聞こえた。

急いで迎えに来てくれたのだろうかと、そう思うだけで、私の心はきゅんとした。

「アシェル殿下。迎えに来てくださったのですか？」

私は思わず嬉しくて、顔が緩んでしまう。

その瞬間、周りの声が歓喜のような悲鳴で溢れ、私は驚いた。

『わらったぁぁ』

『可愛い！　可愛い！　可愛い！』

『なんだ⁉　女神か⁉』

『はぅぅぅぅ』

『ひゃぁぁぁぁぁぁぁぁ！』

　一体何だろうかと思っていると、ジークフリート様の声は少し違った。

「アシェル殿。今、エレノア嬢にダンスを申し込んだところです。よろしければ、一曲お願いをしたいのですが」

『なんだ、この感情……。くそ。なんだよ。さっきの笑顔』

「エレノア嬢は少し疲れているみたいなので、またの機会にお願いします」

『だめだめ！　エレノア嬢が減る！』

　アシェル殿下とジークフリート様は笑顔なのに、にらみ合っているように、どちらも退かない。

　私はどうしたものかと思っていると、ハリー様と視線が合う。

　ハリー様はちらりと、外へと向かうように私に視線で伝えてくる。

『ぼん、きゅ、ぼん』

　私はコクリとうなずくと、アシェル殿下の手をとって言った。

「すみません。少し人に酔ってしまったようで、庭でも散歩にいきませんか？」

「ええ。もちろん。では、ジークフリート殿。これで失礼しますね」

『あぁ良かった。だって、エレノア嬢がもしもさ、もしも……ダンス踊ってジークフリート殿と引っ付くとか、本当に嫌だし……』

「では、またの機会に」

『くそっ……エレノア嬢……』

切なげに名前を呼ばれ、何がどうなっているのだろうかと私は困惑する。

ジークフリート様は自分でも以前心の中で自負していたように自分の見た目がいいと分かっている男性である。だから気を引くために見せた笑みも、一瞬目に留まるくらいだと思っていたのに違ったのだろうか。

私は疑問に思いながらもアシェル殿下と共にその場を後にする。

会場の外へと出ると、空気は少しだけ冷ややかで、鼻から空気を吸い込むと、体の火照りが少し和らいだ。

舞踏会の音楽の音や人々のざわめき、そして心の声も遠ざかり、エレノアはほっと息を吐く。

微かに、風に乗ってバラの香りがした。

「エレノア嬢」

「はい」

アシェル殿下を見上げると、アシェル殿下は私と向き合い、そっと指で私の頬を撫でた。

『何で……さっき、ジークフリート殿に笑顔を向けたんだろう』

指は冷たくて、私はどきどきとしながら固まっていると、私の髪に指をからめそれから一房にアシェル殿下はキスをした。

「エレノア嬢……貴方は美しいのですから、あまり笑顔を振りまいてはいけませんよ。妙な輩を引き寄せるといけない」

『ジークフリート殿……とかさぁ。あーもう。僕ってば心が狭いー！　くっ……もう少し余裕が欲しいよ。大人の余裕が欲しいよ！　どうやったら身につくんだよ！　もう』

「は……はい」

顔に熱がこもる。

心臓が脈打ち、どきどきが止まらない。

私はこのままでは心臓に悪いと話を変えるために口を開いた。

「あ、あの、アシェル殿下、その、体調は大丈夫でしょうか？」

「ん？　体調？」

「はい。だって……」

しまったと、口をふさぐ。

慌てていたので思わず先ほど口にされた毒について大丈夫か心配になり口にしてしまった。

けれどこれは、私が口にしていいことではなかった。

私がアシェル殿下が毒を飲んだことを知っているなんて、ありえない話なのだから。

『体調？　僕の？……毒の事を、もしかして言っているの？』

私は静かに心を落ち着けると、手が震えそうになるのをぐっと握って堪えて顔をあげて言った。

「アシェル殿下は、いつも皆様の為にと頑張ってくださっているでしょう？　ですからいつも頑張りすぎではないかと……アシェル殿下の体調が心配になったのです」

先ほどとは違う意味で心臓がばくばくと脈打つ。

心の声が聞こえているということをまだ告げる勇気はなかった。

アシェル殿下はふっと笑みを浮かべた。

「大丈夫ですよ。心配してくれてありがとうございます」

『なんだ。そういう事か。ふふふ。エレノア嬢は優しいなぁ～。よーし！　心配を掛けない程度にこれからも頑張っていかないとね！』

そうアシェル殿下の心の声が聞こえてほっとした。

よかった。そう思いつつも、これからは一緒にいる時間も増えるのだから気を付けなければと、未だに震えそうになる手に力を入れながら思ったのだった。

◇◇◇

庭へと向かうアシェル殿とエレノア嬢の背中を見送りながら、別室へと一度下がる。

そして、自らの影を呼んだ。

「状況を確認してこい」

「はっ。ジークフリート殿下の飲み物に毒をもっていった男についてはどうされますか？」

「あぁ……それはアシェル殿が対処するだろう。その様子次第にしよう」

「はっ……あの」

「なんだ」

「エレノア嬢は、毒に気付かれたのでしょうか」

その言葉に、顎に手を当てて考えると、先ほどの彼女の笑顔を頭に描き、顔が熱くなるのを感じていた。

「殿下？」

「い、いや。なんでもない」

今まで自国でも他国でも美しい女性には出会ってきた。その中には自分に色目を使う者もおり、それなりに色恋沙汰は経験をしてきたと思っていた。

だが、エレノア嬢のあの瞳を見た瞬間、今まで感じたことのない感情が胸の中に生まれたのだ。

「エレノア嬢がどうかされましたか」

「……いや」

そう言葉を濁すと、小さく息をつく。

思い悩んだところで、彼女はすでにアシェル殿の婚約者である。どうこうできるものではないと頭の中で自分に言い聞かせる。

「エレノア嬢であれば、国交的にもよきお相手ですが」

「なっ⁉　アレス。彼女はアシェル殿の婚約者だ」

「えぇ確かに、今は。ですがシナリオさえ作ってしまえば、不可能ではありません」

その言葉に、眉間のしわを深くする。

可能性がゼロなわけではない。それは自分でもわかっていた。

自分はこれから国の外交的な部分を担っていくであろう。であるなら、サラン王国との繋がりは必要であるし、公爵家の令嬢であれば釣り合いもとれる。

道は難しいかもしれないが、そう思うものの、頭の中で隣国との関係性を思い描いた後に首を横に振る。

「いや、合理的ではない。お前も、忘れろ。いいな」

「っは……」

「いけ」

アレスは消え、部屋の中で大きくため息をつくとソファーへと腰掛けた。

そして机の上にあったワインを一口飲むと、また大きくため息をつく。

「合理的ではない……のに、なんだこの感情は」

コツリと、机の上へとワインを置く。

両手で自分の顔を覆いながら、頭の中で何度も繰り返し流れるエレノア嬢の笑顔を思いだし、思い通りにならない心に、ため息をつくしかなかった。

忘れるべきだ。

ジークフリートは、何度もそう心に言い聞かせた。

第三章　動き始めるストーリー

暗殺事件の一件にて、過激派は沈静化され、関わった者達は処罰されることに決まったとの知らせに私はほっとしたのであった。

私は本格的に妃教育が始まり、公爵家の実家から住まいを王城内へと移し、それにともなって専属の侍女も王城から割り当てられることとなった。

王城の侍女たちは洗練された女性ばかりで、そして私のこともとても好意的に受け入れてくれていた。

「第二王子殿下の一件が落ち着いて良かったわね」

そういうと、侍女は鼻息荒くしながら言葉を返してきた。

「お嬢様、良かったではありません！　これから良いことがあるのですから！」

『さぁ！　うちのお嬢様を磨き上げるわよぉ！　はぁ、幸せ！』

鏡の前に私は座っており、侍女から朝一番に体を磨き上げられ、そしてこれから化粧と着替えが待っている。

緑が生き生きとする季節。太陽の日差しも強くなり始めた。

着替える洋服も出来るだけ通気性の良い肌触りの良い物が選ばれるようになった。

今日はアシェル殿下との城下町デートの予定である。

最近少しずつアシェル殿下との距離も近くなってきている。それもあって私は一緒に出掛けられることが楽しみであった。

そう、楽しみではある。心が浮き立つほどに楽しみではあるのだが、それ以上に微かに不安があった。

いつか、アシェル殿下の前にヒロインが出てきたらどうしたらいいのだろうかと、私は不安になる。

そう思っている間に、侍女達は手際よく仕上げていく。

髪の毛は編みこみ、可愛らしく二つのお下げに仕上げる。そして色とりどりの花の飾りをあしらう。

洋服は白いフリルのついた半袖のシャツに、ロングの薄紅色のスカートを着るが、スカートにさりげなく刺繍された蝶の模様は美しく、一流の職人の技が光る。

鏡に映る姿は明らかに町娘風の衣装を着た貴族の令嬢であった。

「本当に、これで大丈夫かしら？」

思わず小首をかしげる。

『はぁぁぁ、可愛いの権化がここにいる』

『いい』

『うちのお嬢様は世界一だわ！』

心の中で侍女達は歓声を上げ、侍女達が楽しそうならまあいいかとほほ笑むのであった。

アシェル殿下は時間通りに迎えに来てくれたのだが、私はその姿を見て、息を呑んだ。

何と言うか、おそらくこれは、おそろいコーデというものではないであろうか。

服の色合いはあわせられており、私は少し恥ずかしくって顔を伏せる。

舞踏会のように皆がそのようならば恥ずかしくもないのであるが、町でとなるとまた違った雰囲気である。

「っ……エレノア嬢。今日の装いも大変にあっていますね。可愛らしいです。楽しみましょう」

『ふわぁぁぁ！　可愛い！　えー！　何それ！　これは反則だよー。はい。エレノア嬢の勝ち！もう誰もエレノア嬢には敵わないよね！　ふふ。可愛いー！』

アシェル殿下の心の声はウキウキと跳ね、私はそれがまた恥ずかしくて顔が熱くなる。

「アシェル殿下も素敵です」

「ありがとうございます。そう言ってもらえて光栄です。では行きましょうか」

『デートか。うん、気合を入れて行こう。あぁぁ、予習してきたから、大丈夫だよね？　うん。大丈夫。きっと。よし！　頑張るぞー！』

自分と出かけることを楽しみにしてくれているアシェル殿下を、私は嬉しく思う。

こうやって誰かと出かけるのが楽しみというのは、初めての事である。あまり街にこれまで出かけたこともなかったので、わくわくと心が躍る。

「よろしくお願いします」

「こちらこそ」

『頑張るぞ！　エイエイ、おー！』

私は頷きながら、ふと、きょろきょろと見回す。

いつもの声が聞こえないと、それはそれで、何となくそわそわする。

「殿下、あの、ハリー様は？」

「ん？　あぁ、今日は城で仕事に励んでいます」

『僕の分の仕事まで、頑張ってくれよ。ハリー』

なるほど、と私は思いながら、城で仕事を頑張ってくれているハリー様に感謝した。

城下町は賑わっており、道にはたくさんの露店が並ぶ。

売られているのは、果物から装飾品まで様々であり、私はウキウキとしながら馬車からおりた。

思っていた以上にたくさんの音が溢れ、そして街は色々な匂いがした。

人々がにぎわい話す声が聞こえ、子どもが遊び、笑いながら路地を走り抜けていく。

店では客引きの為に大きな声で呼び込む声がし、出店の屋台からは煙と共に肉が焼ける匂いがした。

「すごいですね。とても、活気に溢れています！」

「ええ。嬉しい限りです」

『町が賑わうのは、平和な証拠だから、本当に嬉しいことだなぁー』

アシェル殿下は私の手をそっと取ると言った。

「護衛はついていますし、大丈夫だとは思いますが、はぐれないようにしましょうね」

『大丈夫だとは思うけれど、エレノア嬢は綺麗な人だから狙われそうー。しっかり守らないとね！』

守ってくれるのだと、そう思うと何故か嬉しくて私はアシェル殿下の手を握り返した。

「はい！」

『可愛い！　え?!　もう可愛いがすぎるよー！』

アシェル殿下は歩き始め、私はついていく。

心の声も、ここでは様々な人々の生活の音で溢れている。

『さぁ、売るぜ！』

『あら、うちの子ったら、またお菓子ばかり食べてー！』

『まぁまぁ！　このネックレス素敵！』

賑やかな人々の声は、舞踏会とは違う。生き生きと、人々の日常の生活が垣間見え、そして活気に溢れていた。

「エレノア嬢、ほら、あっちに雑貨屋がありますよ。行ってみますか？」

『エレノア嬢に何かプレゼントしたいな。願わくばお揃いとか、そんなのが欲しい』

その声に、私は大きくうなずいた。

「行きたいです！」

下町の恋人同士はお揃いの物をつけるという。そうしたちょっとした物が恋人っぽくて憧れる。

『王子様みーつけた。はぁぁぁ！　アシェル最高！　完璧王子様だわ！』

不意に、他の声よりも際立って可愛らしい声が聞こえた。

可愛らしい声のはずだ。それなのに、私は背中がぞわりと寒くなり、鳥肌がたった。

私の鼓動は速くなり、思わず辺りを見回す。

けれど、声の主らしき人は見えない。

『悪役令嬢もみーつけた。ふふっ！　悪役令嬢には少しの間、退場願いますかね』

緊張が走る。

「エレノア嬢？」

『急に、どうしたのかな？』

「アシェル殿下……⁉」

キラリと何かが光って見えた。私は思わずアシェル殿下の腕を引っ張る。

するとその時、建物の陰から少女が飛び出てきた。

「危ない！」

アシェル殿下を庇うようにして立った少女の肩に弓矢がかする。

「きゃぁ！」

護衛達が現れるが、黒い衣装を身にまとい、顔を仮面で隠した集団が現れ乱闘騒ぎとなる。

アシェル殿下も剣を抜き、私をかばいながら戦い始めるが、私は腕を掴まれ、そして路地裏へと引きずり込まれる。

『ばいばい！　悪役令嬢ちゃん！　しばらくの間、そっちの男達と楽しんでねー！』

少女がにやりと笑う。

これは、シナリオなのだろうか。

こんなシナリオがあったのだろうか。

こんなことならば、もっと内容を覚えておけばよかった。けれど、元々アプリゲームの内容は曖《あい》昧《まい》で、登場人物も目立った人しか覚えていなかった。その上この世界に生まれ変わってからの年月で、記憶は薄れている。

私は、これからどうなるのだろうか。

「エレノア！」

アシェル殿下の声が、遠ざかっていく。

私は、自分の身に何が起こるのか、怖くて怖くて仕方がなかった。

瞼を閉じてはいけないと思うのに、口と鼻に当てられた布に何か薬が交ざっていたのだろう。

意識は一瞬で闇の中へと呑まれていった。

体の痛みと、ざわつく様な心の声で、私は目を開いた。

『あ、起きたぞ……こいつも奴隷か？』

『わぁ～。綺麗な人間だなぁ』

『かわいちょう……』

奴隷と言う言葉に、私はがばりと体を起き上がらせて、そして頭の痛みを感じて手で押さえた。

『馬鹿だな。いきなり飛び起きたらそりゃあ、痛いだろうよ……』

『どんな声なのかなぁ』

『かわいちょう～』

そこは小さな部屋の中であり、三つの檻が並んでいる。そしてその中には、赤色の瞳の、耳と尻尾の生えた獣人の子どもが入れられていた。

私は目を丸くして、じっと檻の中の子ども達を見つめる。

見覚えがあった。

悪役令嬢エレノアが侍らせていた三人の幼い従者と同じ外見であり、悪役令嬢のエレノアは彼らに首輪をはめて楽しそうにしていた。

私は緊張しながら、辺りをきょろきょろと見回し、扉の方へと行くと、開かないか、ドアノブをガチャガチャと鳴らす。

「開かないわよね……」

私はため息をつくと、檻の中の三人へと視線を向ける。

『逃げるつもりなのか?』

『無理だよぉ〜』

『かわいちょうな人らなぁ』

何故この三人と同じ部屋に入れられたのだろうかと思っていると、部屋の外から男達の声が聞こえてきた。

頭の中の声は私を性の対象として見て興奮しているようだったので聞こえないふりを決め込む。

「お嬢の命令だが、大丈夫なのか?」

「綺麗な女なのに、俺達が相手が出来ないなんてなぁ」

一体何だろうかと思っていると、続いた言葉に、私はびくりと肩を震わせる。

「獣人の鍵は開けてある。そのままにしていたら獣人に殺されるんじゃないか？」

「凶暴だからなぁ。綺麗な女をそのまま殺すのはもったいないが、命令だから仕方がねーよ」

「獣人の遊び道具ってことか？」

「そういうことだろう？　獣人も血に飢えている頃だろうしな」

私は思わずばっと獣人の方を振り返り、身構える。

男達はため息交じりに部屋の前を通り過ぎて行ってしまった。

この獣人の子ども達はそんな凶暴なのだろうかと思って、襲われないかどうか見定めていると、心の声が聞こえはじめる。

『血に飢えるって……俺達は獣じゃねぇ』

『ふふっ。襲わないよぉ。僕達、野蛮な人間じゃないもん』

『ばからなぁ』

私はほっと胸をなでおろすと、獣人の檻の方へと歩み寄り、檻の中を覗き込んだ。

すると、三人はそれぞれ首輪をはめられており、私は眉間にしわを寄せてしまう。

「あの……大丈夫？　けがはない？」

思わずそう尋ねると、三人は驚いたように小首を傾げ、そして一番年長であろう少年が口を開いた。

「俺達にかかわるな」

『可愛そうだけど、俺達には助けてあげることは出来ない。だから、関わらない方がいい』

絶対に自分達は救われない、そんな瞳の色を三人はしており、私は胸が痛くなった。

けれど、ゆっくりはしていられない。

男達の考えがいつかわるかは分からないし、自分達がいつどうなるかなど分からない。一刻でも早く逃げなくてはいけない。

私は意を決すると言った。

「一緒に逃げましょう」

獣人の子ども達は、目を見開くと、私の言葉に固まった。

そして、警戒するようにこちらを睨みつけると、その後窺うように眉をひそめた。

『人間なんて信じるもんか』

『信じれないよぉ』

『きれいなひとでも、しんじられない』

三人の心の声を聴きながら、私は静かに言った。

「私を利用すればいい。外に出たら、私のことは気にせずに逃げていいわ。でも、もし私と一緒に逃げる気があるなら、私は外に逃げた後も、貴方達の助けになれると思う」

その言葉に、三人はしばらく私のことをじっと見つめた後に、三人でこそこそと話しはじめた。

私はその間に、外の男達の心の声を聴き、脱出経路や脱出方法について考えていた。男達は次の計画の為に策を練っているようで、現在地やこれから行く場所などを話し合っている様子であった。

「協力する……一緒に、逃げる」

『脱出まで利用してやる』

『一緒に逃げたいよぉ。もうここはいやだぁ』

『いく』

私はうなずき、そして計画を口にする。

「外の見張りの男を、私が部屋に誘い込むわ。誘い込んだら、男を倒したいのだけれど、できる？」

「そんなの簡単だ。今は首輪だけだからな」

『首輪の持ち主が来たら……この首輪の仕掛けで痛むだろうが、あいつが来ていなければ大丈夫なはずだ』

その言葉に私はなるほど、首輪はそのためなのかと理解する。

「いいわ。じゃあ作戦を話すわよ」

「あぁ」

獣人の子ども達の名前は、一番の年長者がリク。二番目がカイ。三番目がクウというらしい。

三人に私は作戦を説明し終えると、三人はなんとも言えない表情を浮かべた。

『『『えー……』』』

心の中でブーイングのような言葉を発する三人に、私は今はこれしか方法がないのだとどうにか説明し、どうにか、三人の賛同を得るのであった。

真夜中。男達が静かになり、見張りが一人と為った時間帯に、私達は行動を開始する。

「はぁ……んぅ……ねぇ、そこに誰かいないの？」

扉の外で見張りをしていた男は、部屋の中から聞こえる艶めかしい息遣いに、ごくりと生唾を飲みこみながら、聞き耳を立てる。

「なっ……なんだ」

声の主の少女を思いだし、男はさらに唾を飲み込むと、艶めかしい少女の裸体を想像する。

「ねぇ……こんな獣人の子達じゃ、楽しめないわ。もっと、逞《たくま》しい男の人じゃないと」

「なっ⁉」

見張りの男の脳内はすでに言葉には出来ないお花畑である。先ほどから妙に艶めかしい声が聞こえはじめたと思ったらお誘いの言葉である。

「じゅ、獣人の子どもはどうしたんだ⁉」

「ふふっ……えぇ？　どうなってるかって、見てみたらどう？　ほら、扉を開けて、一緒に楽しみましょうよ」

男はつばを飲み込み、見張り用の小窓に手を伸ばす。そして小さな小窓を開けて中を見て、目を見開いた。

少女の衣服ははだけ、そんな少女に心酔するように惚けた表情を向けて、両手にキスをする獣人の子ども達の姿がある。

白い肌が艶めかしく、少女の瞳を見れば、飲みこまれる。

見張りの男は生唾をまたごくりと飲み込むと、獣人の子どもは首輪をつけているから大丈夫だと、女一人ならば自分の相手ではないと高をくくると、鍵を使って扉をがちゃりと開けた。

「そうだよな。子どもじゃ、満足できないよな！　うんうん。満足させてやっ」

次の瞬間、扉の後ろに隠れていたリクに後ろから首の後ろを手刀で殴られ、男は意識を失った。

あまりに一瞬のことで私は驚いた。そして慌てて衣服を整えると、恥ずかしくて一度両手で顔を覆った。

『女ってこえー』

『心臓がばくばくするよぉ』

『ひゃあぁ』

私は、恥ずかしくってもとにかく脱出する方が優先だと、顔を上げたのであった。

私は三人と協力して近くにあった縄で男を縛り上げ、声を出せないように布で口を巻くと、男から鍵を奪って部屋の扉に鍵をかけて外へと出た。

そして、脱出ルートを頭の中で想像しながら進んで行く。

焦って先に進もうとする三人を制して後ろで控えさせ、出口へと一番近い道順を辿りながらも、人と鉢合わせしないように心の声がしない方向へと進んでいたのだが、そこで、一つの部屋から、真っ黒な地の底から響くような心の声が聞こえた。

『憎い……憎い……憎い……いずれ、国を亡ぼしてやる……』

「え……」

その声に、私の肌は鳥肌が立つ。

頭がずきりと痛むと同時に、男の中の心の声が頭の中を占領するように鳴り響き始めた。

それは、幸福が打ち砕かれた男の、悲痛なこれまでの生き様の、悲鳴のような心の声だった。

渦巻く様な記憶の嵐に、私は思わず蹲ると、涙をポタポタと流す。

それに三人は慌て、私の背中を撫でる。

「大丈夫か⁉」

「どうしたの？」

「だいじょうぶ〜？」

何故彼がここにいるのだろうか。

顔を上げ、彼がゲームの攻略対象者であることを思いだす。

亡国の竜の王子。ノア。

彼の記憶を共有する様な心の声によって、私の彼に対する記憶も思い出された。

悪役令嬢エレノアが、地下で極秘に飼いならしていた竜の王子。

私は、頭の中で混乱してしまう。

獣人の子どもに、亡国の竜の王子。

ゲームの中のキャラクターたちに、何故ここで出会うのか。

一体何が起こっているのかが分からない。ただ、彼をここに一人残しておけるはずがなかった。

私は三人に言った。

「もう一人、助けたい人がいるの。いい？　それとも、先に逃げる？」

後は出口に向かう道を進むだけである。彼らを先に逃がした方がいいかもしれないと私がそう提案すると、三人は首を横に振り、一緒に行くと言った。

「一緒に行こう」

『もし見つかればひどい目にあう』

「一人よりは、一緒の方がいいよ」

『残してはいけないよ』

「いこう～」

『ひとりにできないよ～』

知り合ったばかりの私を心配してくれている心の声が聞こえ、優しいなと私は三人の頭を撫でると、男から奪った鍵の束を使って、ノアの閉じ込められている部屋を開けた。

拷問されていたのか、体中にけがをしたノアが壁を背に座っていた。

部屋の中は血の臭いが充満していて、部屋の中に置かれた血の付いた布や鞭から、ノアがどれだけの苦痛をこの部屋で与えられたのか目に見えて分かった。

その腕には手錠が、首には首輪がはめられている。

黒い髪と瞳のノアは、こちらを睨みつけてくる。その瞳孔は開ききっており、私をおぞましい生き物を見るかのような目つきで睨みつけた。

「何だお前ら」

『人間を皆殺しにしてやる……全部亡ぼしてやる』

ノアの頭の中は、憎しみの言葉ばかりが渦巻いており、心の声はあまり役に立たなさそうであった。

私はノアから視線を逸らさずに言った。

「私達はここから逃げる途中なのですが、貴方も一緒に行きますか？」

その言葉に、ノアはにやりと笑みを浮かべた。

「ははっ。女と子どもが三匹、ここから逃げ出せると？　それに逃げ出せたところで、この首輪を外さなければ俺達に待っているのは死だ。逃げて三日以内にこの首輪を外さなければ、電流が流れ、死ぬ仕掛けだからな」

私はそんな仕掛けがあるのかと驚きながらも、それはそこまで問題ではないなと思い至る。

公爵家の力をもってすれば、外すことは可能だろう。

私はノアに向かって手を伸ばす。

「必ず外す手立ては見つけます。だから一緒に行きましょう」

ノアは苦笑を浮かべると、私の手を取ることなく、一人でひょいと立ち上がった。

「いいだろう。付き合ってやるよ」

『失敗しても、捕まって拷問されるくらいだろう。なら試してもいいか』

呟かれた言葉の殺伐とした雰囲気に、私は、アシェル殿下のふわふわとした優しい心の声が恋しくてたまらなかった。

会いたい。

アシェル殿下の優しい声のする場所へと戻りたい。

逃げるのだって上手くいくかは分からない。もし捕まればどうなるかなんて容易くわかる。

怖い。

けれど、何もせずにいることなどできない。

「行きましょう」

私は手をぎゅっと握りしめ、どうにか足に力を入れ、前へと進み始めた。

私は皆で慎重に建物を、ゆっくりと進み、そしてついに外へと窓から出ることに成功した。

外は林のようであり、霧が立ち込めている。地面がぬかるんでいて足を取られる。ただ良かったのは靴がいつものようにヒールではないということ。

デートの為に、長く歩いても靴ずれしない靴を選んだというのに、林の中を走ることになるとは思わなかった。

はっきりいって前も後ろも、道が分からない。

「おい。どうするんだ？」

『っは。どうせ計画なんてないんだろうが』

『道は分かるのか？』

『外に出られたぁ！』

『はしりたいなぁ』

私は四人に笑顔を向けると、ゆっくりと目を閉じて集中する。

こんな使い方は初めてではあるが、やるしかないと自分を奮い立たせて、一本の糸を見つけるような感覚で意識を収縮させていく。

声を捜す。

大丈夫。私ならばできる。

だって、あの優しい声を、私は早く聞きたいと思っているのだから。

私は目を見開いた。

「来てくれた」

目頭が熱くなる。

「……来てくれたのね……」

けれどここで泣き崩れるわけにはいかない。先ほどまでいた屋敷からも、男たちの心の声が聞こえてくる。

罵声が聞こえ、騒ぎがこちらにまで実際に響いて聞こえてきた。

「おい。ばれたみたいだぞ」

『一人で……逃げるか？』

ノアの声に、私は笑みを向けると、林の奥を指差した。

「付いて来てください。こっちです」

後ろから、男達の声が聞こえる。どたばたとした足音と、馬の声が響いて聞こえてきた。

四人は私の後ろをついてきながらも、不安げな心の声を響かせていた。

そして私が遅いと思ったのだろう、ノアが言った。

「おい。追いつかれる。本当にこっちでいいんだな？　かつぐぞ」

『おせぇ』

「え？　っきゃっ⁉」

ノアに担がれると走っているとは思えないほどの速さで進んでいく。しかしそれでも馬には敵わない。

次の瞬間後ろから追いついてきた馬に乗った男達の攻撃をノアは既のところで避けた。

リク、カイ、クウの三人もさすがは獣人の子どもである。動きは俊敏で、男達からの攻撃をかわしながら走り続ける。

「くそ！　女だけでも捕まえろ！」

『お頭に殺される！』

男達は私めがけて走ってくる。その光景を見て、私はノアが自分を捨てるのではないかと言う不安にかられた。

置いて行かれたくない。

怖い。

『震えてるじゃねーか。はっ。ついでだ、守ってやる』

男達が剣を引き抜き襲い掛かってくる。ノアはそれをよけ、足で蹴り、男達を牽制しながら走る。

その時だった。

「エレノア！」

声が聞こえた。

本当はこんな危ない場所に来るべきではない人なのに、来てくれた。

私は手を伸ばす。

「アシェル殿下！」

その瞬間、ノアの心が強張るのを私は感じた。

記憶の中で、ノアは私達の住まうサラン王国に強い憎しみを抱いていた。全てをサラン王国に奪われたと思っているようであるが、それが真実かは私には情報がたりない。

アシェル殿下の姿が見え、ノアは私を地面に下ろすと後ろから来た男を殴り倒した。

私は全力でアシェル殿下の元へと走る。

「アシェル殿下！」

「エレノア！」

アシェル殿下は馬のままこちらに駆けてくると、私を馬の上へと軽々と引き上げ、ぎゅっとその胸に抱きしめた。

「無事でよかった。エレノア」

「はい……アシェル殿下……来てくださってありがとうございます」

「……ハリー。後は任せました」

『エレノア！　エレノア！　本当に、無事で、よかったぁぁぁぁ』

「はい。皆行くぞ！」

『ぼん、きゅ、ぼん！！！！』

アシェル殿下の腕の中が、温かくて、私は涙が溢れた。ハリー様の心の声でさえ嬉しく感じる。

震える体をアシェル殿下は優しく抱きしめてくれた。

「アシェル殿下、あの、怪我をしたあの男の方と、獣人の子ども達は保護してくださいますか？」

「ん？　えぇ。分かりました。事情は後で聞きますから、今はゆっくりしてください」

『くっそぉ。誰だよあの男。エレノア抱きあげていたし、むぅ。……あ、僕エレノアのこと呼び捨てにしちゃった。怒ってないといいなぁ』

アシェル殿下は騎士にノアと獣人の三人の事を伝えると、四人は騎士達に保護された。

騎士たちは次々に男達を捕まえており、私はほっと胸をなでおろした。

「よかった……」

私はその光景を見つめながら、疲れからか、意識が遠のいていく。

「エレノア。大丈夫。安心してゆっくり休んでください」

『無事で本当によかった』

心地の良い声と、アシェル殿下の心臓の音が聞こえた。それはとても安心できる音で、私は安らいだ気持ちで意識を手放すことが出来た。


私が目覚めたのは事件から丸一日たった後だった。よほど体が疲れていたのか、眠り続け、目が覚めると心配して傍にいてくれた侍女達が大喜びしてくれた。

王城へと駆け付けた両親は、建前上は私のことを心配し、抱きしめてくれたがそれだけである。

心の中は私に対しての陰湿な言葉で溢れており、私はそれをただ聞き流す。

『もしこれで婚約破棄となったらどうするのだ！』

『純潔が疑われるかもしれないわ』

『婚約破棄など一族の恥だぞ』

『顔と体だけが取り柄のくせに、何をやっているの！』

頭の中でずっとそんなことを考えている両親ではあったが、そんな私の足元には三人の獣人の子どもたちがべったりと張り付いて、両親に向かって唸り声をあげている。

どうやらリク、カイ、クウは私と離れるのを嫌がったため、騎士の監視の下、私の傍にいられるようにアシェル殿下が配慮してくれたらしい。

今では三人とも小綺麗になり、かわいらしい短パン姿がよく似合う。

両親は獣人の子どもを忌避するような顔を浮かべたが、アシェル殿下の口添えを無下にすることはできず、表面上は受け入れてくれている。

「本当に無事でよかった。殿下としっかりと話をするのだぞ」

『婚約破棄になど絶対になるな！　このバカ娘が。お前が役に立つ時なのだ！』

「そうね。いずれ夫婦になるのだから、しっかりね」

『その顔と体を使って、ちゃんと丸め込みなさいよ！　はぁ。本当に何のために産んだと思っているのか……自覚が足りないのよ。もっと厳しく教育すべきだったわ』

私は顔に笑顔を張り付けた。

この世界に生まれて十六年。両親の性格は分かっているというのに、未だに二人の反応にいちいち傷ついてしまう自分が嫌だった。

公爵家を継ぐ者として外面は良い二人だ。きっと私だって心の声さえ聞こえなければこの二人を慕っていたのだろう。

けれど、聞こえてしまうのだ。

娘など道具としてしか考えておらず、愛してなどいない、そんな両親の声が。

「はい。お父様、お母様」

両親はそれぞれこの後も用事があるのだろう。早々に関心は私から別へと移ったようで、私は二人を見送り、大きくため息をついた。

アシェル殿下と婚約し、王城に入れたことはよかった。

両親と離れられたことで、両親の心の声を聴かなくて済むようになった。自分が思っていた以上に両親の心の声に疲弊していたのだなと、私は王城で落ち着いて生活するようになってから気づいた。

小さくため息をつくと、リク、カイ、クウが心配そうにこちらを窺ってきた。

「大丈夫か?」

『……あの両親……なんだよ』

「お父さんとお母さん、来てくれて……よかったね」

『僕達の両親とは全然違う……』

「むりしないでね」

『……においで、いやなにんげんってわかる……』

そんな心の声に、私は自分の両親は獣人には好かれない人間なのだなと感じた。

「心配してくれてありがとう。大丈夫よ」

そう答えるものの、少しだけ疲れてしまった。

「今から私は殿下と話があるので、三人は部屋で待っていてくれる？」

「「「わかった」」」

三人とも素直に私の言葉を聞いてくれた。落ち着いた場所で接してみれば、本当に良い子達で、三人が早く家族の元に帰れたらいいなと私は思う。

私は別室で待ってくださっているというアシェル殿下の元へと移動し、部屋をノックしてから入った。

ソファーの前にアシェル殿下がいるのが見えて、私は思わず駆け寄った。

「アシェル殿下、助けていただき、ありがとうございました」

すぐに笑顔が返ってくると思っていた私だったけれど、アシェル殿下の表情は暗く、私のことを静かにぎゅっと抱きしめると、小さな声で呟くように言った。

「怖い思いをさせてしまい、すみませんでした……」

『せっかくのデートだったのに、ごめん。怖かっただろうに、本当に、ごめん』

私は首を横に振った。

「大丈夫です。だって、殿下が助けに来てくださると、私は信じていました」

そう伝えると、アシェル殿下の抱きしめる力が強くなる。

心臓の音が聞こえた。

『変な女を中心に、おかしな事件が起こっている。くそぉ。エレノアを巻き込んで、絶対に許さないんだからな』

その言葉に、私の頭の中は冷静になり、私は、しっかりと状況を整理しなければと決意を固めた。

「アシェル殿下、何があったのか、教えていただけますか？」

「えぇ」

アシェル殿下はその後、私の横に腰掛けると、静かに私が攫われた時のことと、その後について話し始めた。

簡単に要約すると、襲撃され、アシェル殿下をかばった女性は現在医療機関で検査入院中だということであった。ただし、何かしら裏がありそうだと、現在調査中であるとのことである。

私はとらわれていた時に聞こえた声や、状況について話をした。

『お嬢？　頭？　うん。やはり何かしらの組織が動いていたんだな。それにしても何故獣人とエレノアを一緒の部屋に？　どういうことだ？』

考え始めたアシェル殿下に、私はノアについて尋ねた。

「あの、一緒に逃げた男性はどうなりましたか？」

そういった瞬間、アシェル殿下の眉間にしわが寄った。

『……王城の地下牢に入れているとは……エレノアには言えないよ……どうしよう』

何故ノアが？　私はアシェル殿下が話してくれるのを待った。

「実は……あの後、身柄を保護しようとした時に、暴れまわって……地下牢へ入れてあります」

『えっと、どう伝えたらいいかなぁ』

「え？　そうなの……ですか？」

私が思わずそういうと、アシェル殿下は慌てて首を横に振った。

「えっと、一応地下牢とはいっても、衣食住はしっかりとなされたきれいな場所ですから。それに、彼はこちらに敵意を丸出しでして……仕方なく……」

『あの身のこなし方からしてただものではないしなぁ……できればエレノアにはもうあの男にはかかわってほしくないなぁ』

アシェル殿下の気持ちはわかる。

私はどうしたものかと思いながらも、どうにかノアを助け出さなければならないとアシェル殿下に向かっていった。

「あの方は私の恩人です。どうにか、手立てはないのでしょうか」

『う……うーん。いつまでもこのままにはしておくつもりはないけれど、そうだなぁ。エレノアの恩人だしなぁ』

アシェル殿下の心の声に、私は期待を込めて言った。

「お願いです」

「えぇ。わかりました。私もエレノアの恩人をいつまでも牢屋に入れておくのは気が引けていましたからね」

『エレノアを助けてくれたことだし、それを考慮して、彼のことを受け入れてくれるどこかの貴族にその身柄を預け、保護観察とするのが妥当かなぁ……』

その言葉に私は思わず手を挙げた。

「公爵には私から話をします！　うちで身柄を預かるのはどうでしょうか⁉」

次の瞬間、アシェル殿下の心の声が部屋中に響き渡った。

『だめだよぉぉぉぉぉ！　エレノア優しいから公爵家に様子見にとか行っちゃうでしょう⁉　だめだめだめ！　惚れられたらどうするんだよぉぉぉ！』

私が呆然としていると、表面上は余裕の笑みを浮かべたアシェル殿下は優しい声で言った。

「しっかりと彼を保護してくれる方を探しますから」

『ダメ！　絶対！　エレノアの元に狼なんて、解き放たないよ！』

確かに、考えなしだったと私は反省すると、少し考えてから一つの提案をアシェル殿下に伝える。

「では、アシェル殿下の伯母上にあたる、ミシェリーナ侯爵夫人のところはどうでしょうか？　たしかミシェリーナ夫人は、他国から嫁いでこられた方でしたよね？」

夫であり王家の血を引いていたシャイン様はすでに亡くなられており、ミシェリーナ夫人は王都の邸宅にて穏やかな余生を過ごされていると聞いている。

彼女がシャイン様と共に王家の為に働いてきたころの功績と、その美しい所作から今でも彼女は尊敬の念を込めて〝ミシェリーナ夫人〟と呼ばれていた。

そして確か竜の国と仲の良かった隣国アゼビア出身であったはずである。もしかしたらノアのことも理解してくれるかもしれない。

そう思い口にしたのだが、アシェル殿下の心の声に、私は思わずしまったと思った。

『驚いた。エレノアはもしかして、彼が竜の国の人間だと気づいているのか？　エレノアはよく気が付くな』

アシェル殿下は気づいていたのだと、私は思わずなんといえばいいのだろうかと思っていると、アシェル殿下は私の頭を優しくなでてくれた。

「良き案をありがとう。また、決まり次第教えますね」

『さすがはエレノア。ちゃんといろいろと勉強をしているのだなぁ。うん。ありがとう。よーし。彼のことはちゃんと僕がまかされたよー！　安全な場所で過ごせるようにするからね！』

私はほっとし、そして一つお願いをする。

「あの、できれば一度お礼を言わせてもらいたいのです」

アシェル殿下はうなずいた。

「しばらくは様子を見て、ミシェリーナ夫人の元へと身柄を移してからでも問題ありませんか？それと私も同席させてください。いいですか？」

「はい。ありがとうございます！」

『エレノアが笑ってくれて、本当によかったぁ』

アシェル殿下の心の声が心地よくて仕方がなかった。

◇◇◇

地下牢とは名前ばかりの、客室のような部屋から、ミシェリーナ夫人の屋敷へと俺が移されたのは、一週間ほど前のことである。

ミシェリーナ夫人はサラン王国の隣国であるアゼビア王国の出身であり、竜の国のことをよく知っている人物であった。それをわかった上で、アシェル王子が自分を彼女に預けたのだと知った時は、なんとも言えない気持ちになった。

部屋の中にシャワーやトイレも整備されており、自由に動き回ることも出来るため、捕らわれているという感じもしない。

アシェル王子いわく保護観察という立場ではあるが、自由とかわらない状況だった。

「あれだけ暴れまわったのになぁ」

エレノアという少女が気を失った後、俺は自分の中に湧き起こる怒りの感情のままに、周りにいた者達を巻き込んで暴れまわった。

こんな国滅びてしまえ。

そう思っていたが、アシェル王子は俺と対峙すると真正面から保護しようと行動した。

バカだと思った。

けれど、バカなのは自分だった。

アシェル王子は完璧な王子様であった。

清く、正しく、それでいて、強く。

その瞳は濁らず澄んでいて、俺はそれを見て、本当に怨むべき相手なのか分からなくなった。

そして、俺はミシェリーナ夫人の元で真実を知る。

俺の故郷を滅ぼしたのは、サラン王国ではないのだという。

謎の組織によってサラン王国の仕業に見せかけられたのだと、そしてサラン王国は自らの国の潔白を証明済みであった。

捕らわれている間に、そんなことになっているとは思ってもみなかった。

俺は、いったい誰を怨めばいいのだろうか。

エレノア嬢がアシェル王子と共に俺の元へと来たのはそんな時であった。

美しいドレスを着た彼女は、恐ろしいほどに美しく、あの震えていた女と本当に同一人物だろうかと目を疑った。

「ノア様、助けていただき、本当にありがとうございました」

頭を下げるエレノア嬢に、俺は首を横に振った。

「いや、こちらこそ、ありがとう。首輪も取ってもらった」

呪いのような首輪も、すでに外されている。

思わず首を撫でると、エレノア嬢は悲しげに目を伏せて言った。

「痛みなどはありませんか？」

「いや、ない」

「そうですか。良かったです」

ほっとしたように、安堵し微笑む人間に、久しぶりに会った。

裏も表もなく、ただこちらを心配している瞳に、目が離せなくなった。

久しぶりの、自分の感情の変化に俺は頭を押さえ、アシェル王子の方へと向き直ると言った。

「度重なる配慮、ありがたく思います」

「出来ることは協力しますが、まずは体を大事にしてください」

「はい」

相変わらず、アシェル王子の瞳も澄んでいて、本当にお似合いの二人であると思った。

ただ、なんとなく、ちくりと胸の奥がざわついた気がしたのは、俺の気のせいだろう。

第四章　焦燥感

◇◇◇

私が生まれた世界は、私のよく知る世界だった。

そしてこの世界の中心は私だった。

けれど、私が知らないだけで、世界の中心の私にはいろいろな役割があるらしくって、この世界を正しく回すために、私は結構大変な役割を果たさなければならなかった。

だって竜の王国が滅亡しないと、ノアが攻略キャラとして現れないでしょう？

なのに一向に滅亡する気配がないからお父様と結託してサラン王国に罪を擦り付けようと画策しながらようやく滅ぼしたっていうのに、サラン王国は身の潔白を証明するものだから腹立たしいったらなかった。

お父様は竜を売ってかなり儲かったから良いって言っていた。竜の肉や血、それに子竜なんかは高く売れるんですって。禁忌とかなんとか話があったけれど、それはあんまりよくわからなかった。

それに、私としてはあまり納得出来なかった。

でも、まぁいいわ。

だって、ちゃんとノアは捕まえてあるし、いずれ出てくる獣人の子どもたちだって捕獲してある。

ふふふ。

このまま私の手の中に入れたいって思ったけれど、顔を隠していくらしつけをしても、全然いうことを聞くようになりそうにないから、やっぱり、悪役令嬢を間に通さないと無理なのねって思ったわ。

というか、この世界の悪役令嬢は本当に仕事をしない。

さぼりすぎではないだろうかと私は思うのよ。

ちゃんと悪役令嬢が動いて、攻略キャラをそろえてくれないと困るのに、私ばっかりに働かせるのよね。

ゲームの強制力みたいなものが普通ならあるはずなのに、それがないなんてありえない。だから私がこんなに頑張らないといけなくなるのよ。

本当に、嫌になっちゃうわ。

まぁでも、最終的に全員私が手に入れるのだからしょうがないのだけれど。

ちゃんと、新しい計画通り、悪役令嬢とノアと獣人の子どもたちを出会わせたわ。

ノアが地下牢にいれられたのも聞いているし、これできっと大丈夫でしょう。

それに今回から、やっと私も舞台に登場して、いよいよ私の手にみんなが落ちてくるのよ。

そのためにも、頑張って悪役令嬢の魔の手から、私が救い出してあげないとね。

ふふふ。

あぁ楽しみ。

まずは王道、アシェル殿下ともデートとかしたいわよねぇ。

これは同時進行的に好感度を上げられるゲームだし、ハーレムゲームだから、楽しみながらやろっと。

やっと私の物語が始まるわ！

◇◇◇

ノアとの面会の数日後、私はアシェル殿下と共に王城内で時間を過ごしていた。

久しぶりの二人の時間ということで、私はなんだか一緒にいられることが本当にうれしくて、アシェル殿下の声が心地よくてたまらなかった。

けれど不意にアシェル殿下の心の声に緊張が走る。

なんだろうかと思っていると、アシェル殿下の心の声が意気込んだ。

『よし。やっと渡せる。喜んでくれるかな？』

なんだろうかと思っていると、アシェル殿下が胸ポケットから細長い箱を取り出すと言った。

「エレノア。渡したいものがあるのです」

『わぁぁ！　緊張するよぉ！』

「なんでしょうか」

「プレゼントです。開けてみてください。本当は、出かけた時に一緒にプレゼントしたかったのですが、色々あったので渡すのが遅くなってしまいました」

手渡された箱のリボンを外し、私はゆっくりと開けた。

すると中には可愛らしい花の形のネックレスが入っていた。きらきらと光を反射するネックレスには宝石もあしらわれている。

「……きれい」

私は嬉しくて顔をあげると、アシェル殿下も微笑んでいた。そして、私の首にネックレスをつけてくれる。

「うん。よく似合っています」

『イメージぴったり！　可愛い！　うん。本当に渡せてよかったたぁぁ。喜んでくれているかな？』

私は本当に嬉しくて言葉を返した。

「ありがとうございます。本当に、本当に嬉しいです」

「よかったです」

『ほっとしたぁぁ。よかった。本当に。ふふふ。これからたくさん贈り物もしていきたいな』

私のことを大切にしてくれているのが伝わってきて、嬉しかった。

さりげなくアシェル殿下は手をつないでくれて、手からは温かさが伝わってくる。

人との触れあいがこんなにも心地が良いものだと、私は初めて知った。

「庭も薔薇が見ごろでして、一緒に散歩しましょう」

『ふふふ〜。エレノアと久しぶりにのんびりできるぞぉ〜。わぁ。なんかうれしいなぁー』

「はい。王城の薔薇は本当に見事ですものね」

「えぇ。あぁ、新種の薔薇も手に入れたのでそれもご紹介します」

『新種の薔薇、エレノアの名前を付けたいとか思っている僕。少し気持ち悪いかな。え、どうしよう。引かれるかな？　うーむ。考えものだ』

アシェル殿下と一緒に過ごしていると感じるのが、アシェル殿下が私の外見ばかりを見ないという点である。

ほとんどの人は、私の外見ばかりに目がいって、内面を見ようとしない。

けれどアシェル殿下は違う。

一緒に過ごして、同じ記憶を共有しようとしてくれたり、私のことを考えてくれたりする。

その時間がとても心地が良かった。

しかし、その時間が突然、打ち砕かれることになるなんて、この時の私は思ってもみなかった。

一緒に庭を散歩に行こうとした時であった。

庭の方が騒がしくなったかと思うと、庭の方から走ってくるような足音が聞こえ、アシェル殿下が私をかばうように前に立った。

すると、生垣から一人の少女が飛び出したのである。

「アシェル様！」

ふわりときらめくピンクブロンドの髪と、くりくりの大きな栗色の瞳。

その姿に、私は息をのんだ。

「チェルシー嬢……？」

『なぜここに？』

ヒロインである。

目の前にヒロインが現れた。

私は心臓がバクバクとなるのを感じながら、ヒロインを見つめていると、ヒロインは私の姿を見て、かわいらしく笑っていった。

「こんにちはぁ～。アシェル様のお友達ですかぁ？」

『働かない悪役令嬢が。ふふふん！　ここからはやっと私のターンだわぁ。ここまで大変だったけれど、これからはみんなを私のものにしてあげるんだからぁ～』

背中に嫌な汗が伝っていく。

これはあれである。

ヒロイン様も、転生者である。

しかもおそらく自分よりもよく内容などを覚えているであろう雰囲気に、私はこのままではアシェル殿下が取られてしまうと焦燥感にかられる。

取られたくない。

私は思わず、アシェル殿下の腕をぎゅっと抱きしめた。

『え？　何？　エレノア、何それ？　えぇぇ。かわよ。やばい。なんだろう。僕今幸せすぎる』

『は？　引っ付くなよ悪役令嬢。アシェル様が嫌がってんじゃん。私が完璧王子様キャラのアシェルを絶対に攻略して、甘えてくる姿を拝んでやるんだからぁ～』

アシェル殿下の心の声には、照れてしまうが、ヒロインチェルシー様の声には恐怖してしまう。

アシェル殿下は本当に攻略されてしまうのか、それに私はこれからどうなるのだろうかと不安に思った。

「あの、私も一緒に回ってもいいですかぁ？」

『悪役令嬢、追い払ってやる』

チェルシー様の言葉に、鳥肌を立てていると、アシェル殿下は微笑みを携えて言った。

「申し訳ありませんが、チェルシー嬢、今は婚約者との時間を大切にさせてください」

『あぁー。このご令嬢には、本当に頭が痛いなぁ。というか、エレノアとの時間を邪魔しないでほしい。むぅ』

その言葉に、私はほっと胸をなでおろす。

今のところアシェル殿下はヒロインに好意を寄せていないのだということにほっとした。

しかし、その言葉にチェルシー様は一瞬顔を引きつらせると言った。

「私、女の子のお友達いないので、仲良くなりたいんですー」

『ふふふ。ちゃーんと今から私の方を一番に考えられるようにして、あ、げ、る』

内心でチェルシー様にたいして恐怖を抱き始めていると、アシェル殿下の心の声が耳をつんざくように聞こえてきて、私は思わずびくりとした。

『こーわーいーよぉぉぉぉ！　ナニコレ。珍獣かな？　あぁぁ。女の子に失礼だとはわかってるんだけど、この前からべたべたしてくるし、裏がありまくりな感じが、怖いよー。はぁぁ。まぁ、いろいろ本当に裏がありそうだからしばらく仲良くしないといけないっていうのはわかるんだけどさぁあぁっぁぁ』

表面上では笑顔を崩さないアシェル殿下のその悲鳴のような心の声に、私はなるほどと納得する。

何かを探るのか。

ならば自分も多少は我慢しなければならないなと思っていると、チェルシー様が私の腕をとり、手をつないできた。

「ねぇ？　仲良くなりましょう？」

『どうやって追い出そうかしらぁ』

チェルシー様に繋がれた手はどこか触り方が気持ち悪くて、女性同士なのに何故だろうなんてことを私は考えつつ、どうしたものかと思っていた。

「チェルシー嬢、この後、傷の具合を診ると医者から連絡を受けていますので、私が案内しますので、行きましょう」

『ぼん、きゅ、ぼん。すとーん』

ハリー様が後ろからそう声をかけると、チェルシー様はとても悲しそうに顔をゆがませた。

「えー……残念～。わかりました。では、次は絶対チェルシーも一緒に行かせてくださいねぇ～」

『タイミング悪！　あー。アシェル様～。でもまぁ、ハリーを攻略するのもいっかぁ。ふふふ側近眼鏡。うふふ。眼福眼福～』

私はハリー様の心の声に聴きなれない音が入ったことになんだろうかと思っていると、チェルシー様を見つめてまたハリー様は呟く。

「では、行きましょう」

『すとーん。行くぞ』

「はぁーい」

『あぁ～。いちゃいちゃしたいわぁ』

私ははっと気づく。

すとーん。まさか、それはチェルシー様のことであろうか。

思わず顔をひきつらせて失礼すぎると思った私とアシェル殿下に向かってハリー様は頭を下げる

と、チェルシー様を引き連れて行ってしまった。

「では、行きましょうか」

『あー。エレノアにはチェルシー嬢についてなんと説明しようかなぁ~。あんまり近寄ってほしくないから、ちゃんと話しておかないとね』

チェルシー様については私も気になっている。

これまで心の声が聞こえることについて誰にも話したことがなかったけれど、これからもしかしたら聞こえることで防げる何かが起こるかもしれない。

そう考えると、アシェル殿下に話した方がいいのだろうか。

けれど、私にはまだ、アシェル殿下に自分の能力について話をする勇気がなかった。

いつかは、自分の能力についても話さなければならない時がくるかもしれない。

ずっと隠し続けて生きてはいられないだろうから。

それにチェルシー様がこれからどんな風に動くかによっても、伝えた方がいい場面がくるかもしれない。

私は静かに、小さく深呼吸をする。

心臓が煩いくらいに鳴っていた。

緊張している。

アシェル殿下がもしも私の能力を知ったら、どう思うのか。

それを考えただけで、胸が締め付けられる。

もしも拒絶されたらと想像するだけで悲しくて涙があふれそうになる。

ゆっくりと息を吸って、吐いて、私は自分を落ち着ける。

いつか、いつか決意が固まったら話をしよう。だからそれまでは、アシェル殿下から拒絶される自分を想像したくもなかった。

だから、私は先ほど聞こえた心の声の方へと意識を向ける。

すとーん。

先ほどのハリー様の声が頭の中でこだましていた。

そうして考えていると、自分の心が落ち着いてくるのが分かった。

今は悪い方向へと考えるのはやめよう。

ガゼボへと移動すると、私とアシェル殿下は並んで座り、庭の花々を眺めた。

机の上には侍女たちによって菓子と紅茶が用意されており、一見優雅なお茶会のようではあるが、話題はチェルシー様のことである。

アシェル殿下は紅茶を一口飲んでから、静かに言った。

「私の代わりに傷を受けたチェルシー嬢ですが、男爵家の令嬢で、今は私の恩人という形で王城で治療と療養をしてもらっています」

『どこまで、どう話そうかなぁ』

私はうなずきアシェル殿下の言葉を待っていると、言いにくそうに間が空いたのちに、アシェル殿下は言った。

「おそらくですが、何らかの組織にチェルシー嬢は関わっていると思われます。ですから、今後、私がチェルシー嬢と仲良さげに話したとしても勘違いはしないでください。あくまでも、表面上です」

『チェルシー嬢に好意を寄せているとか、勘違いされたら、僕辛すぎる。あー。くそぉ』

アシェル殿下のその心の声に、私は勘違いなどしませんよと少しほほえましく思いながら、ふと気になり、私は尋ねる。

「では、私も仲良くした方がいいですか?」

私が近くにいればチェルシー様のことをもっと探れるかもしれない。そうすればもっと早く今回の一件が解決できるかもしれないと思った。

「いや、エレノアは距離を取ってください。危ないです」

『エレノアを誘拐した事件にも、チェルシー嬢がかかわっていそうだし、出来れば離れていてほしいなぁ』

自分を心配し、気遣ってくれる声に、私はたしかに自分が下手にかかわってアシェル殿下の邪魔をしてはいけないなと、考えを改める。

「わかりました。そういたしますね」

そううなずいて答えると、アシェル殿下はほっとしたようにうなずき返すと言った。

「とにかく、チェルシー嬢には気を付けていてくださいね」

『こちらの情報を得ようとするような動きもあるから、十分に気を付けてほしい……はぁ、というか早くチェルシー嬢を家に帰したい。けど帰せない……くっ』

「気を付けますね」

私は話題を変えようと、アシェル殿下に元々話をしておこうと思っていた事柄について、口を開いた。

「あの、今王城で預かっている獣人の子ども達ですが、獣人の国へと帰したいのです。アシェル殿下、どうにか獣人の国との連絡を取れないものでしょうか」

三人はとても良い子で、一緒に住む分には問題ないのだけれど、どうにか獣人の子たちを家族がいるならば家族の元へと帰してあげたい。

アシェル殿下は少し考えるとうなずいた。

「獣人の国には一応、一報は入れてあります。ただ、獣人の子どもがこちらの国に来るということ自体、かなり珍しいことなので、どうやって来たのかなど、確認しなければならないことがいろいろありますね」

『獣人は元々昔売買などがされていたこともあって、今はかなり規制が厳しいはずなのに、どうやってこの国に来たのかな……』

「そうなのですね……できれば早く帰してあげたくて」

私がそういうと、アシェル殿下もうなずいて言った。

「えぇ。そうですよね。わかっています。できるだけ早く手続きができるようにしますから」

『それに、獣人の子どもたちすごくエレノアにべったりだって聞くし、あんまりべたべたされるのは……ちょっといやだなぁ、あぁ！　僕って本当に器が小さい！』

そう心の中で呟くアシェル殿下に、私は、自分のことを少しは好いてくれているのだろうかと期待してしまう。

できるならば、アシェル殿下との仲をもっと深めていきたい。

私は勇気をもって、それを伝えようと口を開こうとした時であった。

どこからか、獣の鳴くような雄叫びが聞こえて、びくりと肩を震わせた。

何かがこちらに向かってくるのが気配でわかる。

アシェル殿下は私を背にかばい、次の瞬間剣を引き抜くと身構えた。

土を獣が蹴るような、そんな足音が響いて聞こえ、一体何が来るのかと私は息を呑んだ。そして、生垣から飛び出てきた黒い影は、アシェル殿下の目の前で、ゆっくりと体を起き上がらせ、そして真っ赤なルビーのような瞳をぎらつかせながら、鋭い牙のある口を開いた。

「突然の訪問、申し訳ない。どうか、ご容赦願いたい」

『この女から子どもたちの匂いがする！』

目の前には、二mはありそうなほど体の大きな獣人が立っていた。

筋骨隆々のその体と、その立ち姿は威厳にあふれており、普通の獣人ではないことが空気で感じられる。

アシェル殿下はその獣人を見ると、すぐに構えていた剣を鞘へと戻し、驚いたような口調で言った。

「獣人の国の王弟殿下ではありませんか。獣人の国へ手紙を出してからそんなに日数は経っていないというのに、まさか、単独で来られたのですか⁉」

『何故王弟殿下が⁉　どういうことだ』

四方八方から騎士たちが慌てた様子で現れるが、アシェル殿下はそれを制される。

王弟殿下は、息を荒くしながら、その場に膝をつくと懇願するように言った。

「我が子どもたちが、こちらの国で保護されたと、そう聞きました。どうか、どうか会わせていただきたい！」

『生きているのか⁉　生きて……あぁ、どうか。神よ。どうか』

頭を下げるその姿に、アシェル殿下は驚く。

私も同様に驚きながらアシェル殿下に言った。

「あの、侍従に伝えてもらって、子どもたちをこちらに連れてきてもらいましょうか？」

その言葉に王弟殿下は顔をあげ、視線を私からアシェル殿下へと移す。

アシェル殿下はうなずき、侍従に指示を出す。そして子ども達が来るまでの間にアシェル殿下は今回の事件について王弟殿下に話をする。

ただ、王弟殿下の子どもである確証はないと伝えるが、その言葉など、耳には入っていない様子であった。

王弟殿下の話によれば、手紙から我が子の匂いがしたとのことである。アシェル殿下は確かにリク、カイ、クウから話を聞き、手紙を書いたとは言うが、獣人の鼻のよさには驚かざるを得ない。

王弟殿下は、子ども達が早く来ないかと視線を侍従が向かった方向へと何度も向け、そして、ガバリと耳をぴくぴくとさせて立ちあがった。

「神よ……」

『ああっぁっぁ』

遠吠えのような声が聞こえたかと思うと、三人の獣人の子どもたちがすごい勢いでかけてきたのである。

王弟殿下も駆け出した。

風を切るように速いその動きに私は驚きながらも、リク、カイ、クウが顔を歪めて、泣きそうな顔になりながら抱きしめられる瞬間を見た。

王弟殿下は子どもたち三人をぎゅっと抱きしめた。

おいおいと泣く姿に、屋敷の使用人たちは驚いている。

私とアシェル殿下は本当に王弟殿下の子どもだったのだと、その様子をしばらくの間、見守ることとなった。

『父上！』

『お父様！』

『ととさまぁぁぁ』

子どもたちは泣きながら王弟殿下に泣きつき、そして王弟殿下もワンワンと泣き続ける。

「よかった……お前たちが、無事で、本当に、本当に！」

『奇跡だ……死んだと思っていた子どもたちに会えるとは、神よ！　感謝いたします！』

まさか獣人の国の王弟殿下の子どもたちだとは、思いもよらなかった。

それはアシェル殿下も同様の様子であり、私と顔を見合わせながら驚いた表情を浮かべている。

『まさか獣人の王族の子どもだったとは……この子どもたちも正直に教えてくれたらいいのにぃ。まぁ、人間のことを信じられないってことだよなぁ』

アシェル殿下の心の声に、確かにそうだなと思いながらも、これで人間と獣人の関係が悪くならなければいいがと私は不安に感じる。

人間が獣人を誘拐し、捕らえていたという状況はかなりまずい状況である。

それでも、獣人の親子が無事に再会できたことを私はとてもうれしく思った。

感動的な獣人の親子の再会の後、場所を移して私とアシェル殿下、そして獣人の国の王弟カザン様、リク、カイ、クウが客間にて向かいあって座る。

カザン様の目元は涙で赤くなっており、子どもたちも同様である。

カザン様と再会を果たし、子どもたちは正直に自分たちが攫われた時のことを話し始めた。

それを聞いた時、私はぞくりと背筋が寒くなるのを感じた。

獣人の国では、王族も街に遊びに行くことが珍しいことではない。だからこそ、三人もいつものように護衛はついてはいたが、街で遊んでいたのだという。

しかし、突然護衛の姿が見えなくなり、そして気が付けば目の前に見知らぬ少女が立っていたという。

顔は隠していたのでわからなかったが、少女が持っていた笛を吹いた瞬間三人は意識を奪われ、なんと操られるように自分から少女の言いなりになり檻に入ったという。

私は、それを聞いた瞬間に悪役令嬢であるエレノアもまた、その笛を持っていたことを思い出す。

「それは……おそらく服従の笛だろう。獣人にしか聞こえない音を出すその笛の音を聞けば、獣人は操られるという。だが、かなり昔に作り方は失われ、今では幻とまで言われているものだな……」

『なんということだ。そんなものがあれば、獣人の国はどうなる!?』

カザン様の心の呟きに、私も内心で同意する。

そんなものがあれば、獣人の国はいともたやすく操られてしまう。

私は、笛について記憶を思い出そうとどうにか意識を集中させると、かすかに思い出せたことは、笛が世界に一つだけしかない代物であるということだけであった。

悪役令嬢のエレノアがどうやって手に入れたのかはわからないが、エレノアが手に入れるべきだったものを誰かが手に入れた。

そう考えた時、私が一番に思いついたのは、ヒロインである。

まさかチェルシー様が笛を持っている？　となると、獣人を攫った人達にやはりチェルシー様もかかわっているのだろうかと、私は混乱してしまう。

アシェル殿下はカザン様に言った。

「とにかく、笛についてはわが国でも調査します」

『獣人の国との関係悪化は防ぎたい』

「ありがとうございます。我が子たちを国に連れて帰ってもかまいませんか？」

『できれば戦にはしたくないが……笛については情報を集めなければならないな』

アシェル殿下がうなずくと、リク、カイ、クウが私の方へと視線を向けて言った。

「エレノア様、ありがとう。本当に……お世話になりました」

『この人がいなかったら、どうなっていたかわからない』

「ありがとうございます」

『寂しいなぁ……』

「ありがとう」

『エレノアさまもいっしょがいいなぁ』

子どもたちの心の声に、私は微笑みを浮かべ、そして両手を伸ばす。

三人は私にぎゅっと抱き着き、すりすりと顔を寄せた。

その様子に、なぜかカザン様は驚いたように目を丸くし、そして苦笑を浮かべた。

「我が子が、人間の、しかも女性にこんなに心を許すとは、驚きです」

『アシェル殿の婚約者でなければ、わが国に連れて帰りたいほどだが……まぁ仕方ないか』

思いがけない言葉に驚きながら、私は、冗談だろうと思いつつ、三人の頭を撫でてカザン様の方へと送り出す。

『まぁ、そうだな……もし何かしら人間の国ともめた時には、うむ。彼女をこちらの国へと招いて、リク、カイ、クウの誰かの嫁に据えての和平でも、いいか』

よくない。いったい何がどうなればその考えに至るのかと思いながらも、私は顔に張り付けた笑みを崩さないようにする。

アシェル殿下は何かをかぎ取ったのか、笑みを浮かべながらも言った。

「今回の件に関してはしっかりと対処していきますので、今後とも、国同士も仲良くしていきたいものです」

『関係性は保ちたいけれど、エレノアへのその視線はやめてよぉ』

「もちろんです」

『まぁまずは笛の件をどうにか解決せねばな。エレノア嬢のことについては一時保留だな』

カザン様を追って後から来た獣人の国の従者たちと合流を果たしたのちに、リク、カイ、クウは馬車に乗って獣人の国へと帰っていった。

アシェル殿下は宿泊し歓迎会を開くことを提案したのだが、カザン様の奥様が三人の帰りを寝ずに待っているということだったので、仕方のないことだった。

短い間だったけれど、三人と過ごした時間は楽しかったなと私は思う。

ただ、馬車が出る前、リク、カイ、クウが私の頬にキスをし、内緒だとにやりと笑いながら言った一言はなかなかに衝撃的だった。

「また会いに来る。もしエレノア様が不幸せだった時にはいつでも嫁に攫いに来るから」

「僕でもいいよ？」

「ぼくもー！」

アシェル殿下には見えていなかったかと思いきや、見えていたようだった。

『子どもだからって、むぅ。エレノアは可愛いから仕方ないけど、むぅ。っく……子どもがうらやましい』

私は思わず噴き出しそうになった。

◇◇◇

せっかく。

せっかく、せっかく、せっかく。

あぁあっぁぁぁあっぁぁ。

部屋の中で一人の少女が苛立ちの声を押し殺し、ベッドの上でうなり声をあげる。

この世界のヒロインは私よ！　私、チェルシーなのよ！　それなのに、それなのに。

ベッドの上の枕を拳で何度も叩きつけながら、チェルシーは唇をかみ、いら立ちをあらわにする。

これまで準備してきたものを、全て悪役令嬢であるエレノアがぶち壊していく。

せっかく国を亡ぼして手に入れた竜の王子も、獣人の国で誘拐して捕らえた三人の可愛いショタも。

全て土台を準備してやったというのに。

「エレノア……っ！」

悔しさをぶつけるように枕を何度も叩きつけ、チェルシーはふーふーと荒い息をあげる。

自分がせっかくつくり上げてきた、ハーレムに向けての、ヒロイン中心の世界を、エレノアがことごとく潰してくるのである。

「なんなの、あの女……悪役令嬢失格でしょう……せっかく、私が準備したのに、なんなの？」

ぶつぶつと小声でつぶやきながら、チェルシーは唇をかみ、そしてギラリとした瞳を輝かせると、口を開いた。

「まぁいいわ。別に。この世界にはまだまだたくさんのキャラがいるもの……でも、悪役令嬢にはお仕置きが必要よねぇ」

チェルシーはそう呟くと、にやりと笑みを浮かべた。

「そうだわ。あれを開けちゃおう。そうすれば、ふふふ」

王城内はチェルシーにとっては庭も同然である。

ゲームで何度も、何度も、王城内を探索したことがある。

故に彼女の知らないルートはない。

「ふふふっ。まぁ、大変かもしれないけれど、きっとエレノアは困るわよねぇ〜。ふふふ〜」

このゲームはお楽しみが多い。

攻略キャラクターも多いし、その他のイベントも多い。

まぁ、略奪ゲームのはずがエレノアのせいでうまく略奪はできないが、それでもヒロインである自分はすべてを手に入れる権利がある。

チェルシーはにっこりとかわいらしい微笑みを浮かべると、立ち上がった。

「さぁ、行きましょうかねぇ」

王族しか知らない隠し通路を、チェルシーはいとも容易く使うことができる。

彼女の頭の中にはすべてのルートが記憶されている。

「ふふふ。私、本当に有能よねぇ～」

自画自賛しながら彼女は進んでいく。

暗い道を抜け、そして王族でも数名しか知ることのない隠し扉を彼女は開いた。

そこに置かれているのは一つのまがまがしい壺。

「さぁ、お楽しみといきましょうか」

チェルシーの微笑みは、ヒロインとは大きくかけ離れた笑顔であった。

第五章　いたずらな妖精

虫の鳴き声がうるさく響き始めた。窓の外を見れば、太陽の暑い日差しの中で、生き物たちが伸び伸びと生を謳歌する。

ふと、聞こえた虫の音ではない声に、私は顔をあげた。

「？　どうかしましたか？」

『どうしたのかしら？』

妃教育の最中、私は何か聞こえた気がして少しあたりを見回すけれど、何かがあるわけではない。

学ぶことは多い。

これからアシェル殿下の横に立つ以上、視野を広く持ち、学びを深めていくに越したことはない。

サラン王国は大国とまではいかないが、様々な国と良好な関係を築いている。

人間だけではない多種多様な種がいるこの世界では、他の国と協調していくことが大事であり、王族の一員となる以上、自国のことばかりではなく他国の風習や情勢まで学んでおく必要があった。

何か聞こえた気がしたのだけれど気のせいだったのかもしれない。私は教師に向かって慌てて首を横に振った。

「いいえ。なんでもありません」

「では、次に進みますね。エレノア様はとてもよく学ばれるので教えがいがあります」

『さすがだわ。彼女ならば素晴らしい国母となるでしょう』

教師はメガネをくいっとあげて微笑みを浮かべており、私はその言葉を嬉しく思い、微笑みを返した。

授業の終わり、教師が手を止める。

「あら？　ここに置いてあった万年筆がありませんわね。どこかに落としたかしら？」

『先ほどまで使っていたのに、どこにいったのかしら？』

「私も一緒に捜します」

「いいえ、エレノア様のお手を煩《わずら》わすわけには。……侍女に捜してもらえるように伝えておきますわ。ではエレノア様。本日は失礼いたしますわ」

『見つかるといいのだけれど。本当にどこにいったのかしら』

授業が終わり、教師は部屋を後にする。

侍女に捜すように伝えるとは言っていたが、私も気になったので部屋の中を見回し、捜してみるが、やはり見当たらなかった。

突然物がなくなるなんておかしなことだなと、思い、不意に窓の方へと視線を向けた時であった。

「あら？」

窓ガラスに映る自分を見て、私は先ほどまでつけていたはずのネックレスがいつの間にかなくなっていることに気が付いた。

首元を触ってみるが、やはりない。

「え？」

鏡の前へと移動すると、私は自分の首元にやはりネックレスがないことを確認した。

指で首元に触れてみるが、やはりないものはないのだ。

「つけていたはずなのに。え？　どこかに落としたのかしら？」

絶対につけていたはずであり、私はきょろきょろと部屋を見回した。

今日つけていたネックレスはアシェル殿下に以前プレゼントしてもらった大切なものである。

「どこへいったのかしら？　でも絶対にあるはずだわ」

部屋中をくまなく捜せば絶対に出てくるはずである。

貴族令嬢は常日頃から好きなものを身に着けられるわけではない。公の場に出る時や、外出時などは基本的にドレスにあった装飾品が選ばれるし、同じものばかりをつけていると他のご婦人方からは良い顔をされない。

貴族令嬢とは良くも悪くも着飾ることに関して強要されるものなのである。

だからこそ、休日や今日のように勉強だけの日などは、アシェル殿下からもらったネックレスを着けられる貴重な機会であった。

それなのになくしてしまうとは。

私は内心かなり焦りながら捜していたのだけれど、そうしているうちに先ほど聞こえた声が少しずつ大きくなり始めた。

そして現在、先ほど一瞬気のせいだと思った誰かの心の声が煩いくらいに響いている。

最初は自分が聞き取れていないのかと思っていたけれど、それは元々支離滅裂な言葉の羅列だったのである。

一体誰の声なのかもわからず、何の目的なのかもわからない。

心の声にどうしたものかと考えていると、部屋をノックする音が聞こえた。

「エレノア。入ってもかまいませんか？」

「アシェル殿下？　はい。どうぞ」

部屋に入ってきたのはアシェル殿下とハリー様で、少し慌てた様子である。

『エレノアは今日も可愛いなぁ』

『ぼん、きゅ、ぼーん』

二人の心の声になごまされながら、尋ねた。

「どうかしたのですか？」

「実は、王城内で何故か色々な物がなくなっていまして。一応エレノアにも伝えておこうと思って来たところです」

『王城内で盗難騒ぎだなんて、一体どういうことだろう。本当はこんなことに時間を割かれるくらいならエレノアとのんびりしたいのに、くぅ』

「そうなの、ですか？」

先ほどから聞こえてくる心の声と関係あるのだろうかと思っていると、アシェル殿下が私の頭をぽんぽんと優しくなでる。

「では、また」

『はぁ、ちょっと癒された。よし、頑張るかなぁ』

私はアシェル殿下を見送ると、なでられた頭を手で押さえ、自分の顔がほてるのを感じた。

前までは男性に触られるのが嫌で嫌で仕方がなかった。

そこには必ずいやらしい感情が交じっていたから、だからこそ、触れられることを忌避している自分がいた。

そう、男性に触れること自体を忌避していたのだ。

なのに、アシェル殿下に頭を撫でられて、私は、思ったのだ。

もう少しなでられていたいと。

そう考えた自分自身に恥ずかしくなって、顔を両手で押さえた時であった。

『欲しい、あれ、もっと、欲しい、あぁぁぁぁ』

部屋の中で声が響き、私は身をこわばらせると部屋を見まわした。

どこにも姿はない。

けれど確かに声がした。

しかも遠くではない。

「誰か……いるの？」

そう私が尋ねると、頭の中に声が響いた。

『わぁ、見つかってまた封印されたらたまらないしなぁ……』

支離滅裂な言葉から、欲求を満たすために考え始めたその心の声に、私は背筋が寒くなる。

封印とはどういうことだろうか。

私が身構えた時、顔をあげると、天井の隅に黒い影が渦巻いているのが見えた。

耳が痛くなるくらいの羽音が部屋に響いて聞こえた。

黒いものはゆっくりと形を変える。

それは真っ黒で小さな妖精であった。けれど妖精というには禍々しく見え、その羽音は耳をつんざくような音がした。

妖精を見た瞬間、私は思い出す。

記憶が渦のようになり、思い出されたのは秘密の通路を抜けた先にあった封印された壺。それを開けてしまうと、この呪われた妖精が出てくるのである。

このキャラクターは悪役令嬢エレノアの大切な宝石などを全て盗み、彼女を激昂させる。その後、ヒロインの優しさによって呪いは解け、お礼を言って飛び去ってしまい所在は不明となるが、城の金品がかなりの数行方不明となり、それがエレノアの部屋から発見されたことによって、犯人が悪役令嬢エレノアではないかと疑われるのである。

エレノアの部屋から金品が発見されたのは、ヒロインに意地悪をするエレノアを妖精が怒り、自分の罪を擦り付けたのであった。

悪役令嬢エレノアはそれにも激昂するのだが、結局犯人は見つけられず、犯人はエレノアだと皆が決めつけた。ただし、この事件に関しては不明なことが多かったこと、そしてエレノアの実家の隠ぺい工作によって彼女は罪から逃れた。

私はそのことを思い出しながら、もしやヒロインチェルシーが自分を怒らせるために壺を開けたのだろうかと考え、怖くなった。

チェルシーは自分を陥れようとしているのかもしれない。

どうやっても乙女ゲームのシナリオを動かそうとし、それをされれば自分がこのまま平和に過ごすことは難しい。

どうして、平和に生きられないのだろうか。

このまま平和に、安心して生きられたら、きっと素敵なことだろうに。

けれど、それは無理なのかもしれない。

悪役令嬢の私には、普通に幸せになることなんて、出来ないのかもしれない。

だけれど。

アシェル殿下と出会って、私は生まれて初めてエレノアに生まれ変わってよかったと思えた。

アシェル殿下と一緒に幸せになれたら、どんなに幸福だろうか。

幸せに、なりたい。

心の声が聞こえて、毎日が苦しくて、自分は何故生きているのだろうかと何度も思った。

けれどアシェル殿下に出会って、そんな暗い世界が一変したのだ。

生きたい。

アシェル殿下と、私は幸せになりたい。

それなのに。乙女ゲームという世界は私にどうしてこうも試練を与えるのだろう。

私は思わず涙が瞳からこぼれてしまう。

「泣いていても解決しないのに……だめね……」

泣いても何も解決などしない。だからこそしっかりと現状に対処しなければと、そう思った時であった。

『キレ、イ、あぁぁぉぁ、ほし、ぃ』

妖精は両手で私の涙を受け止めたのである。

いったい何が起こったのだろうかと私が呆然と見つめていると、その涙を浴びた瞬間に、黒いものが流れ落ち、美しい羽と体を取り戻す。

光が部屋の中に広がった。

妖精が涙を一滴浴びただけである。それなのに、一体何が起こったのだろうか。

突然のことに私が目を丸くしていると、妖精は自分の体が軽くなったことに喜び、部屋の中をすごい勢いで飛び回ると、キラキラと美しい粉をまき散らす。

「わぁぁっ！　体が軽い！」

『私今まで何していたのかな？　記憶が曖昧ー！　でも、わぁ！　体が軽い！』

あまりにも激しく部屋の中を妖精が飛び回るものだから、部屋の中の飾りや壺などが床へと落ち、その音に慌てて部屋の外で待機していた侍女と、そしてなぜかアシェル殿下も中へと飛び込んできた。

「エレノア！　大丈夫ですか！？！」

『すごい音がしたけど。エレノア大丈夫⁉』

「エレノア様⁉」

『いったい何が⁉』

部屋の中は妖精の金色の粉で溢れ、私は呆然としながらアシェル殿下の方へと視線を向けた。

アシェル殿下は驚いたような顔を浮かべたのちに、私の方へと急いでやってくると私をかばい、妖精の前へと立つ。

護衛の騎士達は剣を抜き構え、侍女たちは腰を抜かして壁際に座り込んでしまっている。

妖精は楽しそうに笑い声をあげると、ゆっくりと落ち着いたのか私とアシェル殿下へと視線を向けると、くるりと宙で回った。

そして優雅に一礼をする。

「私の名前はユグドラシル。妖精界の女王の娘であり、長年、呪いによって意識がおかしくなり壺に封印されていたの。ユグドラシルって呼んでちょうだい」

『まぁ、呪いを受けたのは遊んでいて思わず触っちゃダメって言われた物を触ったからだけど』

アシェル殿下は眉間にしわを寄せる。

「壺とは、王家がひっそりと隠し通路に封印していたあれか？　どうして、壺の蓋があいた？　それに、呪いは解けたのか？」

『隠されていたはずのものがどうして？　それになんで呪いが解けたんだよ？』

ユグドラシル様は体をくるりと回すと言った。

「なんで蓋があいたのかは分からないけど、そこにいる女の子のおかげで、私は呪いがとけたの、だからありがとう」

『純粋な乙女の涙が、呪いを解くものなんて、私も初めて知ったわ。これはお母さまに報告しなきゃね。あの手この手で呪いを解こうとしたのに結局とけずに封印されていたのに、本当にびっくりよ』

泣いただけで、解決したと、思わず先ほどの自分の考えが覆されたことに私はあっけにとられてしまう。

お礼を伝えてくる妖精にアシェル殿下は困惑した表情で尋ねた。

「エレノアのおかげで呪いが解けたということですか？」

『どういうこと？　もっとわかりやすく説明してほしいけど、妖精は何考えているかわからない生き物だし、出来ればさっさと帰っていただくのが正解かな』

「そうそう。あ、呪いのせいで城からいろんなもの盗んじゃったから、返すね！」

『本当は持って帰りたいけど我慢かな！』

どこから現れたのか、部屋の中に大量の壺やら宝石やらが溢れかえり、アシェル殿下も私も突然のことに驚いた。

ユグドラシル様はすっと私の前に飛んでくると、私のおでこにキスをした。

「これはお礼よ。じゃあありがとうね！　またね！」

『ふふふ。妖精のキスは特別よ！』

嵐のように妖精は金の粉をまき散らしながら窓から飛び去って行ってしまった。

それを私とアシェル殿下は呆然と見送り、そして私は、額に手を当てながら、一体何をされたのだろうかと不安に思った。

アシェル殿下は、それから封印されていた壺の所在を騎士達と共に確認しに向かい、しばらくしてから私の所へと帰ってきた。

新しくお茶を入れてもらい、向かい合って座るとアシェル殿下はそれを一口飲みながら息をついた。

「本来封印されていた壺の蓋が、何者かの手によって開けられていたようです」

『いったい誰が？　あの壺のありかを知っているのは王族のみのはずが、どこから情報がもれたんだろう』

私はゲームを知っているヒロインのチェルシー様の仕業としか考えられず、このまま彼女を放っておいてもいいのだろうかと不安に思う。

「あの……」

どう伝えればいいのだろうかと思いながらも、私は口を開いた。

「チェルシー様は、どうしているのですか？」

この言い方だとチェルシー様を明らかに疑っているように聞こえるだろうかと思ったけれど、その言葉にアシェル殿下は眉間にしわを寄せた。

「実は、チェルシー嬢を調べたところ……怪しい点がかなり浮かび上がってきています。そして問題が起こり始めた少し前の時間、チェルシー嬢につけていた監視員はその姿を見失い、三十分の間、所在不明になっていたのです」

『やっぱりエレノアもチェルシー嬢のことを怪しいと思っているのかなぁ。まぁそうだよね……というか、僕的には早くあの人城の外に追い出したいけど、いろいろ裏があって野放しにできないんだよなぁ』

アシェル殿下の言葉に、私は一口紅茶を飲み、そしてやはりチェルシー様が動いているのであろうと確信する。

その時であった。

部屋をノックする音が聞こえたかと思うと扉が勢い良く開き、話題のチェルシー様が入ってきたのである。

「アシェル様ぁ！」

『やっとみつけたぁぁぁぁ！』

突然のことに私もアシェル殿下も驚いていると、チェルシー様はアシェル殿下の横に座り、しなだれかかりながら言った。

「こんなところにいたんですね。私、ずっとお会いしたいって言っていたのに、会えないから、来ちゃいました」

『なんで会ってくれないのよ。盗難はエレノアの仕業だって印象を植え付けたいのに、もう！　でもまぁいいタイミングだったかもねぇ』

にっこりとした笑顔でチェルシー様はそういうと、ちらりと視線を部屋の中にあった妖精が残していった宝物へと移す。

「え？　今、お城の貴重品が無くなったって大騒ぎになっていましたけど……どうしてここにあるんですか？」

『なんでここにあるかは分からないけど、いいタイミングね！　このままエレノアの仕業にしてしまいましょう！』

わざとらしくチェルシーはそういうと、アシェル殿下の腕をぎゅっと握りながら言った。

「もしかして、エレノア様がぬすっ」

『これでエレノアに不信感を！』

次の瞬間、部屋の中へとハリー様が入ってくると、チェルシー様の口へとマフィンを押し込んだ。

『ストーン。黙れ』

「むふっ」

ハリー様は一礼すると口を開いた。

「突然申し訳ございません。一瞬目を離したすきに全力でチェルシー様は移動されまして。まるで王城の中を知り尽くしたようなその走りに、出遅れてしまいました」

『ぼん、きゅ、ぼん』

ハリー様はそういうと、一生懸命に口の中でもぐもぐと咀嚼《そしゃく》してなくそうとしているチェルシー様の口にもう一つ籠に入れているマフィンを取り出すと押し込んだ。

「今朝マフィンを焼きまして。チェルシー嬢に早く食べていただきたかったのです。おいしいですか？　そうですか。一生懸命作ったかいがありました」

若干チェルシー様にイラっとしている様子のハリー様は、顔はにこやかであり、いつもながら表情と声が一致しないなと思うのであった。

「うっ！　み、みふをみふをちょうらい！」

『しっ！　死ぬ！』

チェルシー様がのどを押さえながら声をあげ、侍女が慌てて水をチェルシー様へと差し出す。

それをチェルシー様は一気に飲み干して口の中のマフィンを流し込むと、大きく息をついた。

「おや、チェルシー様。調子が悪そうなので部屋へと戻りましょう」

『ストーン。行くぞ』

言うことを聞かないと三つ目を口の中へと放り込むぞというような勢いのハリー様の声に、チェルシー様はアシェル殿下へとしがみつくと言った。

「嫌です！　チェルシーはアシェル様と一緒にいたいです！　ねぇ？　お願いですぅ〜」

『ハリーは全然好感度上がらないし、変なものばっかり口に突っ込んでくるし、ちょっと待ってよ！　私はアシェルにもっとこっちを向いてほしいのよ！』

その言葉に、私は少しばかりもやもやとした気持ちを抱く。

チェルシー様は、一体アシェル殿下のことをどう思っているのであろうか。

ハリー様にも色目を使っているような姿もあり、私は、顔をあげると口を開いた。

「チェルシー様。アシェル殿下は私の婚約者です。あまり、べたべたとはしないでくださいませ」

本物の悪役令嬢のような強い言い方になってしまっただろうかと私はどきどきとしていたのだが、
予想外の言葉が聞こえてきた。

『そうよ！　エレノア！　あんたは悪役令嬢なんだから、もっと邪魔してくれなくっちゃ！』

『え、エレノア？　もしかして、やきもち？　やきもちかなぁ〜？　どうしよう。顔がにやけそうだ』

『ぼん、きゅ、ぼーん……やきもちか』

私は思わず顔が真っ赤になっていくのが分かった。

違う。

やきもちじゃないと言い訳をしようと思うが、やきもちじゃないのだろうかと、自分で気づいてしまう。

やきもちである。

顔にじわじわと熱がこもり、私が思わずうつむくと、アシェル殿下は私の横へと移動して、優しく私の手を取った。

「すみません。エレノア。チェルシー嬢と私が近すぎましたね。今度から気を付けます。チェルシー嬢も、申し訳ないけれど不要な接触は控えてください」

『かーわーいーい！　あぁもう！　可愛すぎるでしょう！　僕の婚約者はあれかな？　天使かな？　いや、小悪魔かなぁぁぁぁぁぁ⁉』

「あ、ごめんなさい。気を付けますぅ……」

『ちょっと！　なんでそうなるのよ！　でもこれを利用して……これからいじめられ始めたってことにするか？』

響く心の声に、私はアシェル殿下の声は恥ずかしいし、チェルシー様の声は怖いしで、何とも言えない表情を浮かべるしかなかった。

ちなみに、アシェル殿下からいただいたネックレスは、いつの間にか私の首元へと戻ってきていた。私はほっとしながら、指でネックレスを撫でたのであった。


私は朝目覚めると、ゆっくりと背伸びをした。

今日は、休養日ということで勉強やダンスレッスンなども何もない日である。

普通の令嬢ならば町に買い物に出かけたり、馬車で少し遠出をしたりするのだが、私はそうしたことをしたいとは思わない。

なぜならば、どこに行っても視線と心の声は付きまとうもので、見知らぬ人から向けられるそれらはかなりの疲労感を生むからである。

だからこそ私は、休養日には基本的に一人でのんびりと本を読んだりして過ごすことが多い。

侍女らも、私が一人になりたいことを理解しており、朝は私の好きなお風呂の準備をしていてくれる。

お風呂にはバラの花が浮き、かぐわしい匂いは心を癒す。

「いい香り」

ゆっくりとお湯につかり、そして朝の時間をのんびりと過ごす。

それから朝食をとり、私は本棚から本を取り読書を始める。図書館に行ってもいいのだけれど、今日は部屋で読むことに決めた。

部屋の中は静かでいい。ただ、集中して聞こうとすればたくさんの心の声で自分の中が溢れてしまう。

だからこそ私は本の中の物語に集中する。

そうすれば、聞きたくない音を聞かないで済むからである。

ページをめくる音と、時計の針の音だけが部屋の中に響く中、私は紅茶を飲みながら本を読みふける。

その時であった。

コンコンと、窓がたたかれ、私は驚いてそちらへと視線を向けた。

そこには飛び立っていったあの妖精のユグドラシル様がおり、可愛らしい笑顔でこちらに向かって手を振っている。

私は驚きながらも窓を開けると、ユグドラシル様は部屋へと入ってくるとくるりと回り、そして私の目の前で止まった。

「あなたにいいものをあげに来たわ」

『ふふふ。驚くわよー！』

妖精はいたずら好きである。いったい何だろうかと身構えていると、目の前においしそうなクッキーが現れた。

「私手作りのジンジャークッキーよ！　ありがたく受け取りなさい！」

『お礼に一生懸命焼いたのよ！　人間サイズは大変だったんだから！』

その言葉に、私は微笑むとクッキーを受け取った。

妖精も義理堅いのだなと思っていると、うきうきとした様子でこちらに笑みを向けてきた。

「はやく食べてみて！」

『うふふ。おいしいわよ！　食べて食べて！』

一瞬妖精が作ったものを食べても大丈夫だろうかと不安に思うものの、妖精は機嫌を損ねるとかなり厄介な存在である。

私は小さく一口クッキーを口にした。

「おいしいでしょう⁉」

『おいしいって言いなさい！』

クッキーはさくさくとした食感で、甘さは控えめであった。けれど、優しい味わいがして美味しかった。

「美味しいわ。ありがとう」

「やったぁぁ！」

『大成功ね！』

ユグドラシル様は部屋の中をくるくると回り、私はクッキーをごくりと飲み込んだ。

その時であった。

「え？」

視線ががくんと下がり、不思議な感覚を味わう。

「あ、そうだ。そのクッキー！　願い事を一つ叶えてくれるの！　ふふふ。楽しんでね！　じゃあね！」

『また作ったらもってこよーっと』

ユグドラシル様はすごい速さで空を飛んで行ってしまい、私は突然のことに現状がよくつかめない。

ただ、服がぶかぶかになり、視線はかなり低くなっているという事実だけはわかる。

「これって……」

私が先ほどまで読んでいた小説のタイトルは「幼き日の思い出」。そして先ほどかすかに思ったことは、小さな時、こんな素敵な思い出があったらよかったのにということ。

私は慌てて洋服を引きずりながら鏡の前へと移動して愕然とした。

「私……子どもになっているわ……」

鏡に映るのは小さな時の自分の姿であった。

やはり妖精が手作りしたものを不用意に食べるべきではなかったと、私は鏡に映る自分を見つめながら、大きくため息をついた。

自分の小さくなった両手を見つめながら、どうしたらいいのだろうかと途方に暮れていた時であった。

部屋がノックされるとアシェル殿下の声が聞こえた。

「エレノア。読書をしていると聞きまして。少しだけ散歩でもしないかと思って声を掛けに来たのです？」

『あー。邪魔じゃないかな？　少し時間が空いたから一緒に過ごせたらなぁなんて思ったけど……』

忙しい合間を縫って会いに来てくれたことをうれしく思いながらも、この現状をどうしようかと、ぶかぶかのドレスを引きずりながらあたふたとしていると、扉が開き、侍女が顔をのぞかせた。

「エレノア様？　殿下がお見えになっておりますが……？」

アシェル殿下の声が聞こえなかったのかと侍女が私の対応を聞こうと思ったのだろう。

顔をのぞかせた侍女と目が合い、私はひきつった笑みを浮かべると、侍女は目を丸くし、部屋へと飛び込んできた。

「エレノア様!?　ですか？　えっと、え？　で、殿下！　エレノア様が小さくなっておいでです！」

『え？　え？　え？』

「え？　エレノア。すまないが入るよ？」

『え？』

侍女の焦った声に、アシェル殿下も部屋へと入ると、私の姿を見て慌てて駆け寄ってきた。

「エレノア？　君かい？　えっと、一体、どうして……」

『か……可愛い。え？　天使かな』

二人は慌てた様子で私を見つめながらも、私がエレノアだとすぐに分かった様子である。

自分をエレノアだと認識してもらったことに対しては安堵するものの、どうすればいいのだろうかという不安に駆られる。

けれどそんな不安な気持ちの私とは裏腹に、侍女の心の声があらぶり始める。

『か、可愛らしいのに、なんていう色香。どうしましょう。今のエレノア様は、少女性愛者が見つけたら……私たちがお守りしなければ！　侍女一同連携をもってまずは男性との接触をしないようにしなければ！』

え？　怖い。

私が思わず一歩引いていると、アシェル殿下の心の声もあらぶり始めた。

『か、可愛すぎる。え？　どうしよう。抱っこしたい。え……僕、どうしよう。え。可愛すぎる。抱っこしたいけど、抱っこしたいけど……抱っこしてもいいかなぁ!?』

アシェル殿下の場合、邪な感情というよりは、幼子を愛でるという雰囲気であり、私は思わず噴き出しそうになるのをぐっと堪えた。

しかし、アシェル殿下の後ろから姿を現したハリー様の姿に私は思わず身構える。

いったい何と言われるのであろうかと待っていると、聞こえてきたのは予想外の声であった。

『ぼん、きゅ……え……』

ハリー様が心の中でなんと呼んだらいいのか躊躇っている。

一体ハリー様はどんな思考回路になっているのだろうかとかなり不思議だが、その時、アシェル殿下が私の前へと跪いた。

「エレノア。抱き上げてもいいですか？　一度医務室に行きましょう」

『これだ！　これなら、合法的に抱っこできる！』

私はくすりと笑いながら、両手を広げた。

アシェル殿下にならばいつでも抱っこされてもかまわない。

「はい。申し訳ありません。アシェル殿下」

『かわいいぃぃぃぃーーーーーー！』

『あいらしいぃぃぃぃぃぃ！』

『……小悪魔？』

え？

私はハリー様の声に、小悪魔？　どういう意味なのだろうかと困惑するのであった。

アシェル殿下は私を膝の上にのせて切った果物をフォークで食べさせてくれている。

診察は受けたものの、異常はなく、私が妖精のクッキーを食べたことを話すとそれが胃の中で消化が終わり、体から成分が抜ければきっと元に戻るだろうとされた。

執務で忙しいであろうアシェル殿下ではあったが、私のことを心配してずっと一緒にいてくれている。

「はい。エレノア」

『可愛いなぁ』

「あーん」

最初こそフォークで口に運ばれることに抵抗しようとしたのだけれど、あまりにもアシェル殿下が楽しそうなので、自分の羞恥心は抑え込むことにした。

もぐもぐと咀嚼していると、見ていた侍女や使用人らが一様に頬を赤らめながら嬉しそうに心の声で呟いていくものだから、子どもとはこんなにも愛されるものなのだろうかと驚いた。

自分が幼かった時、こんなことはあっただろうか。

父や母から聞こえてくるのは、打算の交じった声と、表と裏とが入り交じった不協和音ばかりで幼い日のことを思い出したいと思ったことはない。

けれど、今向けられるのは、優しい視線ばかりである。

「エレノア。おいしいですか？　ふふふ。たくさん食べてくださいね」

『可愛いなぁ。可愛いなぁ』

「はい」

「ふふっ」

『あー。父上と母上がなんで幼いころ僕にちゅっちゅってめちゃくちゃキスしてきたか理由がわかる。子どもってこんなに可愛らしいんだなぁ。あー。可愛い。ちゅっちゅしたくなる気持ちがわかったよ』

その言葉に、私は視線を泳がせる。

ちゅっちゅって……それはさすがに本当の子どもではないので恥ずかしい。内心かなり動揺してしまう。

『エレノアとの子どもは……きっと可愛いんだろうなぁ……わぁぁ。恥ずかしい！　僕何考えてぃるんだろう！』

アシェル殿下は一人内心で悶絶しているのに、表面上は笑顔を携えておりさすがだなと思った。

「でも妖精には困ったものですねぇ。エレノア。次回から気を付けないといけませんよ？」

『今回はまぁ一日くらいだろうからいいけれど、妖精っていうのはいたずら好きだからなぁ……でも、断ったら断ったで大変だろうし……むぅ。難しい』

私は確かにアシェル殿下の言うとおりだなと思った。

今度からは口に入れたりするものは十分気を付けないといけないけれど、断るにしてもうまく断らなければ大変である。

「はい。こんなことになるとは思いませんでした。妖精って、本当に不思議なことをするのですね」

そう伝えると、アシェル殿下も苦笑を浮かべながらうなずかれた。

「えぇ。まぁきっと君の願いを叶えて喜んでほしかったのでしょうね。というわけで、今日はエレノアが子どもなのだからたくさん甘やかしましょうか」

『我ながらいい言い訳だな。これでよしよししたり、お菓子あげたり、一緒に遊んだり、いろいろできる』

見た目は子どもだけれど、中身はいつものエレノアなのですが、と私は思いながらも、アシェル殿下があまりにも楽しそうなものだから、私も幸せな気持ちになった。

『お兄ちゃんとか呼ばれたい』

それは無理ですと、私は内心思うのであった。

それからは中庭へと出て皆でピクニックをすることになった。

侍女達は楽しそうにシートやお昼のサンドイッチやお菓子などを準備している。朝から色々な物を食べさせてもらっているので、お腹は結構いっぱいなのだが、皆があれこれと差し出してくるので頑張って食べている。

庭師達は綺麗に咲いた花々を摘んで飾り付けを手伝ってくれていた。

小さなガーデンパーティーみたいだななんて思って、私は花の香りを胸いっぱいに吸い込んだ。

「とってもいい香り。ありがとう……ふふふ。私、こんな風に皆で一緒にピクニックをするの初めてですごく嬉しいわ」

そう伝えると、皆が微笑んでくれた。

『可愛らしいわぁ。でも、ピクニックしたことがないのかしら？』

『初めてのピクニック⁉　っていうことは、楽しい思い出にして差し上げないと！』

『エレノア様は、本当に純粋な方ね。私達にもお優しいし、素敵な方がアシェル殿下の婚約者になってくれて本当に嬉しいわ』

皆優しいなと思う。

その時、アシェル殿下と共に、おもちゃをたくさん抱えたハリー様がやってきた。

『ぼん、いや……小悪魔』

『エレノア可愛いなぁ。よーし！　今日は遊ぶぞ！』

仕事はいいのだろうかと思うけれど、一緒に過ごすのが楽しみで、私は口にするのをやめた。

本当に子どもに戻ったわけではないのに、皆でボールで遊んだり、鬼ごっこをしたり、それが本当に楽しかった。

こんな風に遊んだことがなくて、私は、走り回って煩くなる心臓に、驚いた。

「ふふふ。楽しい。こんなに走って心臓がばくばくするの、初めてだわ！」

そう伝えると、皆が一様に心の中で声をあげた。

『かーわーいーいー！』

『あー！　もう。可愛らしすぎるわぁ！』

『天使かな？　天使だね。うん。エレノアは天使！　はい！　もうそれが正解！』

『小悪魔いや、天使』

遊びに使っていたボールをアシェル殿下が勢いよく投げてしまい、中庭の噴水の中へと落ちてしまう。

「私が取ってくるわ！」

私はそれを追いかけて噴水の縁に手を掛けながら、ボールに手を伸ばした。

「楽しい……」

顔がにやけてしまう。水の上に浮かんだボールが水の流れに押されて中央へと行ってしまう。

手を伸ばしても届かない。

噴水の水に手が触れ、その冷たさが心地よかった。

「ふふ。いたずらっこな水ね。ボールを返してちょうだい」

すると、それにこたえるようにボールが私の方へと流れてきた。

後ろからアシェル殿下と侍女達が慌てた様子で駆け付けるのが聞こえた。

「エレノア！　すまない。つい投げすぎてしまった」

『エレノアが可愛すぎて思わず力が入りすぎちゃったよ。ごめんね！』

「エレノア様。私達が取りますので！」

ボールは私の所へと戻ってきて、手に取って持ち上げると、濡れているはずなのに、どこも濡れておらず乾いていた。

「不思議なこともあるのね。ね！　もう一度ボールで遊びましょう？」

いいだろうかと思ってそう尋ねると、アシェル殿下も侍女達も満面の笑顔で頷いた。

太陽の日差しの下で遊ぶことがこんなにも楽しいなんて。私は初めて知ったその楽しさに、妖精に心から感謝した。

たくさん遊んだその後、アシェル殿下と一緒にサンドイッチを昼食に食べた。

私の為に小さなサンドイッチも用意されており、私は色々な味を楽しむことが出来た。

そんな中意外で驚いたのは、アシェル殿下は細身なのに、大きなサンドイッチをぺろりと食べていくところであった。

「ん？　どうしました？」

『さっきからこっち見ているけれど、何かな？』

私は慌てて首を振ると言った。

「いえ、あの、たくさん召し上がられていたので、すごいなぁと思って」

「そうですか？　まぁサンドイッチになると、ついパクパク食べてしまうので」

『そう。僕って結構食べるんだよね。でも大丈夫だよ！　動いているから太らないよ！……あれ？　エレノアの口元、クリームが付いている』

その言葉に、さっき甘いサンドイッチを食べた時に付いたのだと、私は慌てて拭こうと思ったのだけれど、それより先に、アシェル殿下の指が私の口元を撫でた。

「可愛い」

『あ、無意識に拭いちゃった。しまった！　あー。どうしよう。え？　どうしよう』

可愛いと言われたことに対して私の心は大混乱であった。

アシェル殿下にそう思ってもらえたことは嬉しいけれど、口元のクリームをぬぐってもらうという大失態に私はあわあわとしてしまう。

その時、庭を風が吹き抜け、花弁が舞い上がった。

それはまるで花弁の雨のようで、美しく、私はそれを見つめた。

「綺麗」

そう呟いた。

『エレノアの方が綺麗だけどね』

アシェル殿下の言葉に、私は顔を真っ赤に染め上げてしまう。

しばらくの間、私は顔をあげることが恥ずかしくて出来なかった。


私は夜になっても子どもの姿から戻ることがなく、仕方がないとベッドに子どもの姿のまま入った。

ただ、いつもよりも広く感じるベッドの中で体は疲れているはずなのに眠ることができずにいた。

そんな時、ふと何か気になり体を起き上がらせた。

なんだろうか。

胸の中がふわふわとするような感覚があり、外に出ろと何かに呼ばれている気がする。

私は少しだけならば大丈夫かとテラスの窓を開けると、そこにはユグドラシル様が座っていた。

「ふふっ！　願い事が叶って楽しかった？」

『楽しくないわけがないわよね！』

私は少し考えるとうなずいた。

楽しかったのだ。

皆が自分に笑顔を向け、そして本当の子どものように接してくれる。

不思議な感覚であった。

生まれてから両親が自分に興味がないことは分かっていた。だから、両親に甘えることも、甘えさせてもらったこともなかった。

外面の良い両親は、私を可愛がっているふりはしていた。けれど、実際に一緒にどこかへ出かけて遊んでもらった思い出も、愛情を注いでもらったことも、なかった。

だからこそ、人から受ける優しさが心地よかった。そして、心の声さえ聞こえていなかったら、私も両親に甘えられたのだろうかと思う。

皆の好意が温かすぎて、くすぐったくて、だからこそ妖精には感謝していた。

「ありがとう。本当に、楽しかったわ」

ユグドラシル様が嬉しそうにくるりと飛んだ時であった。

突然顔つきが鋭くなると、庭の方へと視線を向けた。

「あの女……」

『腐った臭いがする。あの女……』

私も庭へと視線を移すと、そこにはチェルシー様がランタンをもって立っていた。

こちらに気づいているわけではなく、何故か庭をさまよっている。

「チェルシー様？」

私が思わず呟くと、ユグドラシル様は顔をひどく歪めて言った。

「いい？　あの女には近づかないことよ。あの女からは命をもてあそび屠《ほふ》った、腐敗臭がするわ。あれは、おぞましい類の人間よ」

『気持ちが悪い……あれは人間以外の生き物も殺しているわね』

その言葉に私の背筋はぞっとした。

「何かを、殺したってこと？」

その言葉に、ユグドラシル様はうなずきながら言った。

「そうよ。しかもかなりの数の生き物をね。人間だけじゃないわ。おそらくは高貴なる生き物も……」

『じゃないとこんな腐ったような臭いにはならないわ』

チェルシー様はいったい何を殺したのだろうか。

そう思った時であった。

チェルシー様がこちらを見上げると、嬉しそうに手を振ってきた。

「エレノア様ぁぁぁ！」

『子どもになったのは本当だったのね。うふふ。今なら簡単に殺せそう。でも、悪役令嬢がいないと物語は楽しくないわよねぇ～』

ぞっとした。

チェルシー様は本当に狂っているのだ。

私はそれを感じて、チェルシー様に見えないようにテラスの内側へと入る。

「あら、聞こえなかったかな？　まぁいいか」

『それよりも、一体どこに隠れているのかしら？　そろそろ庭の精霊とかも攻略したいのになぁ』

チェルシー様はいったい何を考えて生きているのであろうか。

この世界はゲームではないと、ちゃんとわかっているのであろうか。

私はチェルシー様からは見えない位置で座り込むと、ユグドラシル様はその横に来て言った。

「いい？　あの人間には近づいちゃだめよ」

『あの人間、あんな臭いをまき散らしていたら、そのうち、あれがくるかもしれないわね』

あれとは何だろうか。

私がそう思った時、ユグドラシル様はにこりと笑うと金の粉を私の目の前へと振った。

「おやすみ。貴方は私のお気に入りよ。じゃあね」

『よい夢を』

意識は途切れ、夢の中へと落ちていく。

「ベッドに運んであげてね。それじゃあね」

ユグドラシル様は飛び去り、テラスに現れた一人の精霊は大きくため息をついた。

「あの女から逃げているというのに、……まぁ、いいか……エレノア」

月の光をきらきらと浴びながら、精霊はエレノアをベッドへと運ぶとその髪をなでた。

「またな」

精霊は夜の闇へと消えていった。


朝目覚めると、窮屈な服に私は驚き、そして自分の体が元の姿に戻っていることに気が付いた。

昨日は余裕のあった服も、今では体のラインがはっきりとわかるほどにぴっちりくっきりとしてしまっていて、なんとも恥ずかしい。

だからこそ急いで侍女を呼び着替えを済ませると、アシェル殿下が朝一番で様子を見に来てくれた。

ぴっちぴちの洋服姿を見られなくてよかったと、内心私は思ったのであった。

「エレノア！」

『よかったぁ。元に戻っている。ふふっ。昨日のエレノアもすごく可愛かったけれど、元に戻れて本当によかった』

内心子どもの姿のままがよかったと思われたらどうしようかと思っていたので、アシェル殿下の心の声に私はほっと胸をなでおろした。

アシェル殿下は私の頭を優しくなでると、朝食を一緒に食べてくれた。

その後は昨日の分の執務もたまっているようで、名残惜しそうに別れたのであった。

『あぁぁぁ。仕事さえなければずっと一緒にいられるのに。でも、ずっと一緒にいるためには国を安定させないといけないし、はぁ、世知辛いよなぁ』

そんなことを考えながら執務へと戻っていくアシェル殿下の背中を見送りながら、私は婚約者がアシェル殿下で本当によかったなと思うのであった。

私も妃教育を受けたのちに、その後昼食を済ませ、休憩時間に、昨日見た中庭へと向かった。

昨日、チェルシー様が何を捜していたのかが気になったのである。

たしか、隠しキャラクターで中庭の精霊というものがいたらしいとは思うが、そのことについてあまり記憶にはなかった。

庭は美しく、私はほっと息を吐いた。

「綺麗ね」

噴水の水がキラキラと輝き、庭の花々は気持ちよさそうに風にそよぐ。

ゆっくりと流れていく時間を感じながら、目をつぶり風を感じていた時、日が陰ったかと思うと、横にスラリと背の高い銀色の服を着た人がいた。

澄んだ泉と同じ青色の瞳。

長い銀色の髪が風に揺れる。

「え？」

私が驚くと、その人は言った。

「私を捜しに来たのだろう？」

その言葉に、精霊かと気づき、思わずまじまじと見つめてしまう。

「えっと、まさか、本当に出てきてくれるなんて思っていなかったので……」

そういうと、精霊はかすかに微笑みを浮かべた。

「私の名前はエル。この庭の精霊だ。エレノア」

『愛しいエレノア』

「エル様ですか？　あの、私の名前をご存じだったのですか？」

そう尋ねると、エル様は私の頭を優しくなでると言った。

「あぁ」

『心の清らかな愛しい子よ』

その時であった。庭の奥の方にチェルシー様の姿が見えて、エル様は大きくため息をつくと言った。

「エレノアまたな。あれはどうも気色が悪い」

『あのようにおぞましい存在には近づきたくはない』

そういうとエル様は姿を消し、私の目の前へとチェルシー様が走ってきた。

「はぁ、はぁ、はぁ。あの、ここに、今、誰かいませんでしたか⁉」

『今精霊いたわよね！　くっそぉ。やっぱり略奪よ！　ふふ！　楽しくなってきたわぁぁ！』

テンションの高いその心の声に、略奪されるほど親しくないのだがと、私は何とも言えない気持ちになった。

私は鼻息を荒くするチェルシー様を見つめながら、思わず、ずっと気になっていたことが零れ落ちた。

「チェルシー様は、誰が好きなのですか？」

その言葉にチェルシー様はかすかに眉間にしわを寄せるが、すぐに笑顔に戻った。

「え？　私ですか？　私はみんなと仲良くしたいだけですよ」

『略奪って最高よねぇ』

定型文のようなその言葉をチェルシー様は呟くが、私としてはそれで納得できるわけではない。

「……ずっと気になっているのです。チェルシー様は素敵な殿方がいるとその方の方へと意味深な視線を向けられますよね？」

一人を愛するのではだめなのであろうか。

どうしてたくさんの人へと愛を求めるのか。

ここは現実である。ゲームではない。

たくさんの人の愛を求めたところで、それがすべて叶うわけがない。

「えっとぉ。あの、何か勘違いをされているみたいです」

『あらあら、悪役令嬢は可愛そうねえ』

「え？」

チェルシー様はこてんと可愛らしく小首をかしげてにっこりとした笑顔で言った。

「私はヒロインなので、愛されるのが当たり前なのですよ？　だから、みんなを平等に愛してあげないと」

『いずれ貴方の手元にいる男性は全員私のものよ！　ふふふ。悪役令嬢よりもちろんヒロインがいいでしょう？』

意味が分からなかった。

平等に愛す？

愛されるのが当たり前？

「何故？」

アシェル殿下に会うまで、私は一人に愛されるのさえ難しいと感じた。

外見ではなく、内面の自分を見てくれる人。

本当の私を見ようと対話し、そして笑顔で私を包み込んでくれる人。

そんな稀有な人は、アシェル殿下だけだ。

真っすぐで、心の中は可愛らしい人。

私は、アシェル殿下だけでいい。

だから、アシェル殿下を取らないでほしい。

「私は、たくさんの愛なんていらないわ」

「え？」

『悪役令嬢が何を言っているの？』

私はチェルシー様を真っすぐ見つめると、はっきりと告げた。

「私はアシェル殿下を愛しています。彼ただ一人でいい。チェルシー様とは根本的に考え方が違うようですね」

真っすぐに自分の言葉を伝える。

すると、驚いたようにチェルシー様は顔をゆがめ、それから大きな声で笑い始めた。

「あははっははっははっ！」

『悪役令嬢が、一人でいいですって？　大量の愛を求めて、たくさんの男を侍らせる悪役令嬢が？』

その笑い声は奇妙なものであり、ぞっとするような雰囲気すらあった。

「エレノア様ったら、ご冗談を。だってその美しさで、その瞳で、いったい何人の男を虜にしてきたのです？」

「なっ⁉」

『清楚アピールはやめてほしいわぁ』

チェルシー様は私の目の前に来ると、指で私の胸を示しながら言った。

「こんな美しい武器を使えば、さぞ、男たちは喜んだでしょうね？」

『悪役令嬢のこの完璧な美貌は本当にうらやましい限りだわぁ』

私は顔を真っ赤にして声をあげた。

「し、失礼ですよ！」

「あら、ごめんあそばせ。だって、そんないやらしい体をしているのに、ふざけたことをおっしゃるから」

『淫乱女は淫乱女らしく振舞いなさいよ』

私は悔しくて、何故こんなにも見た目で判断されなければならないのかと唇をかんだ。

その時。

庭の雰囲気は一瞬にして変わり、背筋をひやりとした何かが駆け抜ける。

それはチェルシー様も同じだったようだけれど、その雰囲気にチェルシー様は嬉しそうににこやかに笑った。

『やっと庭の精霊が出てくるのね！　あーもう！　待ちに待ったわ！』

その声に、先ほどの精霊だろうかと私は思っていたら、庭の噴水が高い所まで一気に噴射され、そしてキラキラと太陽の光に水が反射してきらめく。

美しいのに、なぜかぞっとするような雰囲気に私は身震いした。

「……臭い人間が……」

透き通る水のように美しい精霊エル様が現れ、チェルシー様は瞳を輝かせるが、私からしてみれば、何故そうも喜べるのか理解ができなかった。

明らかにエル様は今怒っている。

「精霊様……お会いしたかったです。私に会いに来てくださったのですね」

『やっと現れたわ！　エレノアが邪魔だけれど、まぁいいわ』

エル様は自分に近づいてくるチェルシー様を見て、嫌そうに眉間にしわを寄せると、鼻を手で覆う。

「臭い……人間よ。私に近づくな」

『くっ……エレノアを困らせる人間の女め……』

エル様はそう言うと、チェルシー様から一歩後ずさった。

けれどチェルシー様はフフンと鼻をならし、私の方をちらりと見た。

『ふふん！　悪役令嬢から解放してあげるわ！』

私は大丈夫なのだろうかと思っていると、チェルシー様はキラキラとした瞳でエル様を見つめて言った。

「精霊様。出会えて光栄です。あの、私はチェルシーと言います。あなたのお名前を教えていただけませんか？」

『ふふん！　まずは真名を手にいれなきゃね！』

エル様はその言葉に嫌そうに顔を歪めた。

「汚らわしいお前に教える名はもたぬ」

『烏滸がましい人間だ』

けれど、チェルシー様は負けない。

悲しげに顔を歪めると、もじもじとしながら言った。

「そうですか。では、仲良くなったら教えてくださいね」

『何かしら？　すごい壁を感じるわ。こんなに難易度が高いの？』

「うるさい。教えることはない。二度と私の前に現れるな。この庭に入ることも禁ずる」

『なんとも気色の悪い人間だ』

「え？」

次の瞬間チェルシー様の姿が消えた。

私は驚いてキョロキョロとあたりを見回すが、チェルシー様の姿はなく、そんな私の様子にエル様はクスクスと笑い声をたてた。

「あいつはもうこの庭には入ってこれぬ」

『気色の悪い人間は不必要だ』

エル様は楽しげに微笑みを浮かべると私の頭を優しく撫でながら言った。

「エレノア。あれはかなり質の悪い人間だ。出来るだけ近寄らぬようにな」

『悪臭の根元のような人間だな。あれはいずれあれに呑まれるだろう』

「え？　ですが、彼女はいつも私の前に立ちはだかるのです。いずれ、決着をつけなければならない時がくるかもしれません」

私の言葉にエル様は微笑み、優しい声で言った。

「ならば、必ずそなたの唯一と共に、対峙することだ」

『あやつならば、そなたを任せられる』

「唯一？」

その時、庭の奥からアシェル殿下の自分を呼ぶ声が聞こえた。

エル様は嬉しそうに私の背中を押す。

「さぁ、唯一の元へ帰りなさい」

『可愛いエレノア。幸せにおなり』

「え？」

気がつくと、私は庭の入り口に立っており、アシェル殿下がこちらに向かってかけてくるのが見えた。

「アシェル殿下？」

「エレノア！」

『よかったぁ。チェルシー嬢が喚き散らしながら現れた時には、本当にびっくりしたけど、よかったぁ』

どうしたのだろうかとアシェル殿下の方へと歩み寄ると、アシェル殿下はほっとした様子で私の手を握り、にっこりと微笑んだ。

その笑顔がとても可愛らしくて、私の心臓が跳ねる。

「よかったです。チェルシー嬢が、〝エレノア様が精霊に連れ去られた〟とかなんとか言って現れたので、驚いて、でも、無事でよかったです」

『エレノアが無事でよかったぁ。もう。本当に心配したよ！　はぁ。チェルシー嬢のこと、本当にどうにかしないと……このままだと、仕事が進まない』

なるほど、チェルシー様はエル様に弾き出されてイラついたのだろう。だからこそアシェル殿下の元へとそれを伝えて、私を捜させたのだ。

私はじっとアシェル殿下を見つめた。

エル様は唯一の元へと戻りなさいと言った。

そして現れたのはアシェル殿下である。

私の唯一とは、アシェル殿下のことなのだろう。

唯一とは何なのか。

おそらくは、ただ一人の人とか、大切な人とか、運命の人とか、そういう意味合いなのだろうと私は思い、顔が熱くなるのを感じた。

「エレノア？」

『顔が赤い。体調が悪いのかな？　え？　大丈夫かな？』

アシェル殿下にはいつも心を救われる。

優しくて純粋な人。

見た目は完璧な王子様なのに、内面は可愛らしい人。

「アシェル殿下。迎えに来てくださりありがとうございます。先ほど、庭の精霊様にお会いしたのです」

「え？　庭の精霊って……怖くなかったですか？　この庭の精霊は気難しいと聞いていますが」

『庭の精霊に会えるなんて……僕ですら会ったことないのに、エレノアはすごいな……ということは、チェルシー嬢は精霊に庭から弾き出された、のかな？』

私はエル様のことを思い出しながら伝える。

「とても優しい精霊様でした。ただ、チェルシー様のことは、あまりお好きではないようです」

「ぶっ。そ、そうですか」

『チェルシー嬢はなぁ、そりゃあ、無理だろうなぁ……』

私はじっとアシェル殿下を見つめて言った。

「唯一の人の所へと帰りなさいと、幸せになりなさいと言っていただきました」

「唯一？」

『え？　えーっと、それって、あれかな？　運命の人というか、番というか、伴侶というか……』

アシェル殿下は頬を赤らめると、私の手をぎゅっと握って微笑んだ。

「私のこと、ですか？」

『僕だよね？　僕ってこと、だよね？　わぁぁぁ。恥ずかしい！　エレノアの運命の人って、ああ！　そうならすごく嬉しいけどさ、恥ずかしいね！　なんだろうこれ！』

心の中で大騒ぎをしているアシェル殿下に、私は手を握り返すとうなずいた。

「はい。私の唯一は、アシェル殿下だと思います」

素直にそう伝えると、アシェル殿下は嬉しそうに笑って私をぎゅっと抱きしめた。

「エレノア。大好きです」

『わぁぁぁぁ！　恥ずかし！　でも、嬉しい！　エレノアが、可愛い！』

アシェル殿下の心臓の音と心の声は心地が良く、私はずっと聞いていたいと抱きしめられながら思った。

第六章　画策するヒロイン

◇◇◇

あぁ。

どうしてこうもうまくいかないのよ。

私は抱きしめあうアシェルとエレノアを見つめながら親指の爪を噛む。

いらだつ。

今の時点で誰一人として私は手に入れていない。それなのに、エレノアは攻略対象者の心をつかんでいく。

略奪ゲームがここまで難易度が高いなんて思ってもみなかった。けれど、原因は難易度が高いというだけなのだろうかという疑問が生まれる。

「あの悪役令嬢が、ちゃんと動かないからいけないのよ」

爪をぎりぎりと噛みながら、何故ちゃんと悪役令嬢が動かないのだといらだってしょうがない。

私は部屋へと帰ると、一通の手紙が届いていた。

「あぁ。お父様からだわ」

真っ赤な手紙には、お父様の文字が並ぶ。

お父様はきっとこの国を手に入れたいはず。娘の私は、お父様の命令には絶対に従わなければならない。

そして、その為にはアシェルをエレノアの魔の手から救い出さなければならない。

「仕方ないわ。媚薬でも使ってみようかしら」

悪役令嬢が機能しない以上、アシェルの心をどうにかしてでも自分の方へと向けなければならない。

ならば媚薬を使って自分を襲わせるというのもいいだろう。

「私を襲ったとなれば、きっと心優しいアシェルは、私を放っておくことはできないわよねぇ」

媚薬の入ったピンク色の小瓶を揺らしながら、私は楽しくなって笑い声を漏らす。

「あ、どうせなら、ハリーにも飲ませようかしら。きゃっ二人して私を取り合うの！　いいわぁ。

あぁ、でもそれだと純粋なアシェルは傷つくかしらぁ……仕方ない。今回はアシェル。次にハリー。

順番に行きましょう」

うふふっという気持ちの悪い声がもれる。

「あぁ。楽しみ。お父様もそろそろしびれを切らしそうだし、頑張らないとね」

チェルシーは小瓶を見つめながら楽しそうにベッドの上で転がった。

ごろごろと転がっている姿は普通の少女なのに、その瞳は欲望に染まっており、悍《おぞ》ましく口元は弧を描いた。

◇◇◇

夢を見ている時、ふいに、これは夢だなって気が付くときがある。

私もそうで、あぁこれは夢だなとすぐに気が付いた。

夢の中の私は、アシェル殿下と一緒にのんびりと湖畔で緑の草の上に横になっていた。

太陽の日差しや、草の匂いも感じられるというのに、不思議なものだ。

『エレノア。こうやってのんびりできるのもいいねぇ』

『はい』

二人でただ、日向ぼっこをしながら、ぽかぽかとのんびり過ごす。

すごく心地が良くて、私はもうそろそろ目覚めなければならないというのに、目を開けるのが億《おっ》劫《くう》であった。

『エレノア。そろそろ時間だねぇ』

『そうですね。残念です』

『ふふ。そうだね。じゃあ目が覚めてからまた会おうね』

『はい』

朝の日差しが、優しく部屋を包み込む。

私はゆっくりとベッドから起き上がると、夢の余韻に浸りながら、身支度を侍女と共に済ませた。

「エレノア様?　調子でも悪いのですか?」

いつもとは少し様子が違うと感じたのか、侍女にそう声をかけられて、私は慌てて首を横に振った。

「そうではないのよ。心配をかけてしまってごめんなさいね」

ただ、アシェル殿下の夢を見た為、何となくもったいなかったなぁ、まだ夢から覚めなければよかったのになぁ、なんて事を考えていたとは言えない。

「いえ、体調が悪くないのであれば良かったです。なんでも、あの、王城に今保護されていますチェルシー様は体調が優れないようですので、エレノア様も体調に不調があればすぐに教えてくださいませ」

『チェルシー様は仮病のようだけれど。エレノア様が体調を崩したら大事だわ！　私がちゃんと見ておかなければ！　エレノア様の体調は私が守るわ！』

侍女の心の声には微笑ましくなりながらも、チェルシー様の件に、私は思わず眉間にシワを寄せてしまった。

体調が悪い？

「本当に？　まぁ、それは心配ね……」

そうは口にしつつも、嫌な予感が拭えない。

この世界のことをゲームで現実だと思っていない節のあるチェルシー様である。何をしでかすか分からない。

私は朝食を済ませると、チェルシー様の部屋へと足を向かわせた。

何か嫌な予感がする。

ただし、突然部屋に押し掛けるのも不躾であり失礼であるから、私はどうしたものかと扉の前で悩んでいた時であった。

アシェル殿下が廊下の先から現れ、私を見つけると小首をかしげた。

「エレノア？　おはようございます。どうかしましたか？」

『どうしてここに？』

「アシェル殿下。おはようございます。チェルシー様の調子が悪いと聞いて心配になりまして、少し様子を見にきてしまいました」

その時であった。部屋の中からばたばたとするような音が聞こえたかと思うと、アシェル殿下の声を聞きつけたチェルシー様が扉をすごい勢いで開けたのである。

そしてわざとらしくふらりとよろめきながら、私など眼中にも入れず、アシェル殿下へとしなだれかかったのである。

「アシェル様ぁ～。私もう、辛くて～」

『ふふふっ！　やっと来たわね！　さぁこれからが楽しみね！』

明らかに何かを企んでいる様子である。

心の中で意気揚々とした様子のチェルシー様に、私は一体何を企んでいるのだろうかと思っていると、チェルシー様は私を見て驚いた顔を浮かべた後に、嫌そうに顔をゆがめた。

「え、エレノア様？　どうしてここに？」

『すっごく邪魔だわ。えー。どうしよう』

アシェル殿下はしなだれかかるチェルシー様を見て、ため息を堪える様子を見せた。

「チェルシー嬢。失礼するよ」

『しかたない。もし本当に体調が悪かったらいけないし……って絶対嘘だろうけどね！　さっさとベッドに寝かせて退散しよう』

アシェル殿下は軽々とチェルシー様を抱き上げると、ベッドへと運んだ。

私はそれを見つめながら、仕方がないことだと思いながらも、少しだけ煮え切らない思いを抱いてしまう。

部屋へと私も入り、チェルシー様はベッドに横になり、私たちはその横の椅子へと腰掛けた。

その時である。

顔色の悪い侍女が一人お茶の準備を始めた。

『や、やらなきゃ……でも、本当に大丈夫なの？　だめよ。家族が……人質に取られているんだから……』

その心の声に、私は眉間にしわを寄せた。

『び、媚薬だって言っていたわ。大丈夫……毒じゃない……殿下に飲ませるだけ……』

媚薬という言葉に私は内心で焦りながら、それを一体何に使うつもりだとチェルシー様をちらりと見る。

『うふふ。エレノア様はとってもお邪魔だけど、すぐに追い出して、媚薬を飲んだアシェル様とお楽しみの時間よ』

お楽しみの時間？

私は顔を真っ赤に染め上げ、媚薬をどうするつもりなのだと焦る。

侍女は、小さな机を準備し、その上へと紅茶を置いた。

「アシェル様、エレノア様、今日はお見舞いに来てくださってありがとうございますぅ。さぁ、お茶でも召し上がってくださいな」

『うふふ～。さぁ、媚薬を飲んで楽しみましょう？』

私はそのチェルシー様の心の声に覚悟を決めると、声をあげた。

「あら、見てくださいませ。窓の外に珍しい小鳥が飛んでいますわ」

「え？」

「ん？」

ちらりとそちらへとチェルシー様とアシェル殿下が視線を向けた瞬間、私は奥の方に準備されたアシェル殿下の紅茶をさっと取った。

侍女が驚いた表情で私の方を見たが、私は視線で黙っているように伝えた。

彼女も何かしらの事情があるのだろう。チェルシー様の悪事を暴く手立てとなりえるかもしれない。

チェルシー様とアシェル殿下は視線を戻すと、私を見る。

「あら、気のせいだったみたいですわ。それよりアシェル殿下、チェルシー様は調子が悪いようですし、お茶を飲んだらすぐにお暇いたしましょう？」

その言葉にチェルシー様は焦った様子だが、アシェル殿下がすぐにうなずいた。

「そうですね。ではチェルシー嬢、これを頂いたら失礼したいと思います」

『この様子からしてやはり仮病みたいだなぁ。はぁ』

『だ、だめよ！』

しかし、アシェル殿下は紅茶を飲み、私の方へと視線を向ける。どうやら私が一口口をつけるのを待っている様子であり、礼儀としてやはり一口はつけなければならないだろう。

私は飲んだふりをと思ったが、これをここに残しておいて、また何か悪さをされたらと思うと気が気ではなく、覚悟を決めると、行儀が悪いが一気にそれを飲み干した。

「それでは失礼しますね。チェルシー様、お大事に」

「え？　え？　あ、」

『待って！　ちょっと、えー！』

焦っているチェルシー様に一礼すると、私はアシェル殿下にエスコートされ、部屋を後にする。

『もう！　信じられない！　もう！　もう！』

私は部屋を出る間際、先ほどの侍女にさりげなく視線を向けた。

侍女は顔を青ざめさせ、小さくこくりとうなずいていたのが見えた。

「ん？……顔が赤いようだけれど、大丈夫ですか？」

『え？　エレノアまで体調が悪くなったのかな？』

廊下を一緒に歩いていると、アシェル殿下にそう言われ、私は呼吸が苦しくなり、脈拍がどんどん上がっているのを感じていた。

「あ、アシェル殿下……そ、その、体調が悪いようで……」

『え？　えぇぇ？　エレノア？　え？　顔真っ赤で、しかも潤んでるし……え？　呼吸も、上がってる？』

即効性だったらしい媚薬の力に、私は体の力が抜けていくのを感じ、ぐっとアシェル殿下に支えられるだけでぞわぞわとする奇妙な感覚に体を震えさせた。

「アシェル殿下ぁ」

ごくりと、なぜか生唾を飲み込む音が聞こえ、私の意識はふわふわとなっていくのであった。

◇◇◇

（どういうことだよ。これ。あぁぁぁ。エレノア!?　これはあれだ。媚薬か何かだ。あぁぁ。なんで。こんなエレノアの悩ましい姿、誰にも見せたくない。けど、このままにはできないし！）

アシェルは、バクバクと鳴る心臓をどうにか抑えながら、潤んだ瞳で自分に縋りついてくるエレノアを抱き上げると、急いで医務室へと運ぶ。

「ぁ……んぅ……」

エレノアから時折漏れる声はアシェルの理性を大いに揺さぶった。

（わぁぁぁぁ。なんで、なんで。エレノア。だめだ。しっかりしろ。僕！　負けるな！　僕！）

いつも美しいエレノアが今日は何倍も甘い香りを放ち、自分を見つめてくる。

縋るような、何かを求めているようなそんな視線に、心臓はうるさいほどに高鳴る。

理性は大きく揺さぶられるが、それ以上にエレノアの体調の方がアシェルは心配であった。

「アシェル……殿下……申し訳ありません……ん」

「もう医務室につきます。あと少しですからしっかりしてください！」

そう言いながらも、縋りついてくるエレノアが可愛くて、アシェルはぎゅっと抱きしめる手に力を入れた。

（可愛すぎるのは罪だよ。わぁっぁぁ！　僕の理性が！　けどそれよりもエレノアの体調が心配だよぉ！　大丈夫かな⁉　急がないと！）

アシェルは医務室へと運ぶと、医師に向かっていった。

「エレノアの様子がおかしい！　おそらくは媚薬か何かの類ではないかと思うが、調べてくれ」

医師は急いで行動し、アシェルはカーテン越しにエレノアのうめくような声を聴きながら両手で顔を覆って苛立ちを隠した。

ゆっくりと自分の中で冷静になり始め、そして頭が研ぎ澄まされていく。

誰が原因かは、明らかである。

（チェルシー嬢……まさか媚薬を使ってくるとはね。エレノアは、おそらくは僕の代わりに媚薬を飲んだんだろう……はぁ。なんで気づかなかったんだ。僕の落ち度だ）

自分であればあらゆる毒や媚薬に関してもある程度は耐性をもっているというのに、エレノアは、自分のために飲んでくれたのだろうと、アシェルは考えて小さく息をつく。

何故薬を入れられていたことに気がついたのか、後でエレノアに尋ねなければならないだろう。

その時、医務室へと一人の侍女が青ざめた顔でやってくると、膝をつき、アシェルの目の前に頭を垂れ、泣きながら床に手をついた。

「申し訳ございません……私が入れたお茶が原因でございます……」

震える声。

その様子に、アシェルは目を据えると尋ねた。

「頭をあげろ。知っていることを全て話せ」

「はい……」

侍女は、チェルシーに命じられて媚薬を使ったことや、自分の家族が人質に取られていることを告げた。

その言葉に、アシェルはなるほどとうなずくと、笑みを浮かべた。

「君にチャンスをやろう」

顔面蒼白な侍女は、がくがくと震えながらもうなずいた。

「チェルシー嬢はね、どうもしっぽを掴ませないのがうますぎてね……あれだけ大胆な動きをするというのに、なぜか掴まらない。だからこそ今度こそしっぽを掴まえたい」

「……はい」

「これ以上、野放しにするのは、もうやめよう」

苦しそうなうめき声のエレノアの方へとカーテン越しに視線を向けると、アシェルは言った。

「さぁ、行動に移そうか……」

アシェルは立ち上がると、ハリーが資料をもって現れる。そしてそれらをアシェルに手渡し、指示を待つ。

「エレノアを守るように。そろそろ、泳がせるのはやめて、捕まえにかかるぞ」

「はっ。では、捜査に出している者達を呼び戻します」

「決着をつけるとしよう」

アシェルは静かに、行動を開始した。

その眼差しは子犬とはいいがたく、いずれエレノアも、可愛らしい子犬殿下の姿が、子犬だけではないと、気が付く日が、くる、かも、しれない。

◇◇◇

私は少しずつ意識が戻っていくのを感じていると、たくさんの心の声が聞こえ始めた。

頭の中に響く心の声に、曖昧だった記憶が戻り始め、自分の身に何が起こったのか思い出し始める。

『わぁっ。美しすぎる……うちの医者様たちが耐えきれて本当によかったわぁ。だってそうじゃなきゃ、こんな美しい人ほうっておけないものねぇ』

『お医者様、男性陣はだめね。エレノア様が苦しんでいるのに。まぁすぐに女医様に代わってからは大丈夫だったけれど』

『エレノア様。大丈夫ですよぉ。ここには獣はおりませんからねぇ。ちゃんと貴方様の侍女が追い払いましたから安心してくださいませねぇ』

侍女たちの声に、内心で笑いそうになりながら、私はゆっくりと目を開けた。

そこは自室であり、侍女たちは私が目を覚ますと嬉しそうに駆け寄り、甲斐甲斐しく世話を焼いてくれた。

医者から処方された薬によって、体の中の媚薬も抜けたようでかなり体もすっきりとしている。

ただ、喉が痛い。声をしっかり出すのは辛く、その為、小さな声で私は尋ねた。

「……アシェル殿下は？」

「今回の一件を片づけるとおっしゃっておりました。エレノア様はここでお休みくださいませ」

『殿下は何か行動される様子だったたし、私たちがエレノア様をお守りしなくては』

「そう、なの。わかったわ。私はもう少し眠るから、貴方たちも一度下がって、少しゆっくりして？」

侍女たちの心の声から疲労感も感じられて、私はそう声をかけたのだけれど、笑顔で侍女達には言葉を返される。

「では、外に控えておりますので、何かありましたらすぐにお呼びください」

『ちゃんと外に待機しております！』

休んでもいいのにと思いながらも、そう気遣ってくれることが嬉しかった。

私はベッドに横になると大きく息をついた。

今回の一件でチェルシー様を処罰することは可能だろう。毒ではないとはいえ、この国の第一王子に媚薬を飲ませようとしたのだ。異物を王子に飲ませようとした罪は軽いものではないはずだ。

そしておそらくそこから尋問中に、他の事件にも関与していないか捜査が行われるだろう。そこで竜の国のことについても明らかにされればいいのだけれど。

そう考えていた時であった。

「あー。本当にむかつく」

「え？」

私は思わずがばりと起き上がり視線を彷徨わせた先に、壁にもたれかかりながらこちらを睨みつけてくるチェルシー様を見つけた。

先ほどまでは誰もいなかったはずなのに、いつの間にかそこに立っていた。

音を立てることもなく、どこから入ってきたのか、私にはわからず、突然のことに驚きのあまり声も出ない。

ただ、この城の壁の中には、隠し通路なるものが迷路のように入り組んで存在している。妖精の一件もその隠し通路内にあるものであり、アプリのゲームではミニゲームとして隠し通路探索があったことを記憶している。

だがまさか自分の部屋に通じるものがあるとは思っていなかった。

私は大きな声は出せないと、侍女を呼ぶ鈴にさっと手を伸ばそうとするが、それをすぐにチェルシー様にとられて手の届かない別の机の上に置かれてしまう。

「……チェルシー様？」

私は心臓がばくばくとして、そして手が震えそうになるのを堪えた。目の前に立っているのは私と同じ年の少女のはずなのに、そうではない恐ろしい雰囲気を感じたのだ。

「おい悪女。あんた、ちゃんと自分の役割わかってる？」

『本当にむかつく女。私の世界が、私を中心に回ってない。全部この女のせいだ』

舌打ちをしながらこちらを睨みつけてくるその姿に、私はヒロインがヒロインではないと呆然としてしまった。

「あーもう！　あんたのせいでなんか変な方向に行ってるんだけど。なんで私が捕まえられなきゃいけないのよ。まぁ、私を捕まえようなんて、百年早いけど。私ほど、この城の内部を熟知している女はいないしね」

『私をなめるんじゃないっての。私は迷路の道順も全部記憶しているんだから。その辺の一般ユーザーと一緒にされちゃ困るわ』

チェルシー様はそういうと、私の方へと歩み寄り、ベッドの上へと上ると、私に馬乗りになった。

人に乗られる感覚に私は突然何をするのだと驚きながら、身を硬くした。

「な、何を」

私は恐怖で身動きできずチェルシー様を見上げた。

するとなぜか、チェルシー嬢は舌なめずりをして、にやりと笑った。その表情は到底ヒロインとは呼べるものではなく、悪女というのに相応しい気がした。

「まぁ、こうなったらなんか腹いせしないと、本当にむかつくから」

『ふふっ』

どういうことかわからず、どうにかチェルシー嬢を自分の上から下ろそうと手で押してみるが、両手をベッドに押さえつけられてしまう。

この状況はどういうことだろうか。

自分をまさか殺す気だろうか。

そう思うと血の気が引くが、なぜか片手で私の両手を押さえたチェルシー嬢は、もう片方の手で私の頬を気持ちの悪い手つきでなでた。

「まぁ、元々、顔は好みよ？」

『ふふ。私、両方いけるたちだから、せっかくだし楽しませてもらおうかしらね』

両方いけるとはどういうことなのかわからず、私は痛む喉ではあったが誰かを呼ぶために叫ぼうとした。

けれどその口をチェルシー様に手で塞がれる。

「だめだめ。静かにね？　ふふ。せっかくだから楽しみましょうよ。たくさん気持ち良くしてあげるから」

『あっはは！　ナニコレ。可愛いんだけれど。ふ～ん。悪役令嬢もいいじゃない』

意味が分からずに一体何が起こっているのだろうかと思った時であった。

部屋の外からたくさんの人の心の声が聞こえ始めた。そこにはどうやらアシェル殿下もいるようで、現在チェルシー様捕獲計画なるものが進められていることを私は知る。

『エレノア！　あと少しですべて整う！　すぐに助けに行く！』

本当は今すぐにでも中に飛び込みたいという思いを、全体の指揮を執っているアシェル殿下は押し込めているようで、苦しい胸の内の感情も流れ込んでくる。

私は呼吸を整えると、時間稼ぎをするべく、出来るだけ会話を延ばそうと、私の口をふさいでいたチェルシー様の手を顔を動かして払うと口を開いた。

「チェルシー様……あの、何故このようなことをするのです？」

チェルシー様はそれを聞いて小首をかしげた。

「楽しいからよ？　だってこの世界は私の為の世界。それなのに、楽しまないのは損でしょう？」

『私はヒロインよ。当たり前でしょう？』

当たり前というようにそういうチェルシー様に、私はぞっとした。

「チェルシー様の……世界。どうしてそう思うのです？　今、チェルシー様の思い通りに世界は動いていますか？　違うのではないですか？　チェルシー様の世界ならば、殿下に追われることはないはずです」

その言葉に、チェルシー様は息をのむ。

そして少し考えこむように眉間にしわを寄せた。

『で、でも、ここはゲームの世界であって、私がヒロインのはず……お父様だって、私の為に世界はあるのだと言っていたわ。お前がいれば世界は全てうまくいくって……それにお父様の命令は絶対よ。逆らえば、酷い目に遭う』

〝お父様〟。チェルシー様の言うお父様とは一体何者なのだろうか。しかもお父様と呼び、慕いながらもその心の声には恐怖も含まれている。

「……チェルシー様は……本当にこれでいいと思っているのですか？」

「う、うるさいわ！　だって、お父様が言ったもの！　お前がこの世界の中心だと！　ヒロインだって！　そうよ。私もちゃんと覚えている。お父様は私の言葉を信じてくれて……私はヒロイン！　あなたが悪役令嬢よ！」

『お父様の言うことが全て正しいはずよ！　お父様は……お父様は私の神様なんだから！』

私の瞳に映るチェルシー様の顔は歪んでいて、ヒロインと呼ぶにはあまりにも恐ろしい顔をしていた。

「……では、ヒロインであるチェルシー様は、今、幸せなのですか？」

「え？」

チェルシー様の動きが止まった。

私は体を起き上がらせ、尋ねた。

「幸せなのですか？」

『幸せ？　しあわせ……？　私は今、幸せ？　幸せじゃないわ。だって何も手に入れていないわ。アシェル殿下も、攻略対象者も、誰一人、私の手の中にはいない……どうして？　お父様の言うとおりにしたのに。ちゃんとヒロインとして行動したのに……』

その時、騎士達が部屋になだれ込み、チェルシー様は慌てて隠し通路の入り口から逃げようとするが、そこからも騎士たちが現れ、チェルシー様は押さえつけられた。

「はっ！　離しなさいよ！　私は、私はチェルシー！　ヒロインなのよ！」

『やめてやめてやめてやめてよ。怖い。なんで？　なんで一つも思うとおりにならないのよ！　略奪ゲームのはずなのに……なんで、なんでよ！』

アシェル殿下は私の傍にやってくると、ほっとした様子で言った。

「遅くなってすみませんでした。大丈夫ですか？」

『エレノア。ごめんね。遅くなったよね。怖かったよね。ごめんね』

私はほっとしてアシェル殿下の胸に縋りつくように身を寄せた。

「はい。大丈夫です……」

「離してよ！　離して！」

『なんで……なんでよ！』

私はチェルシー様のお父様とは何者だろうかと思いながら、今はアシェル殿下の傍で緊張の糸がとぎれ、ほっと胸をなでおろしたのであった。アシェル殿下はそんな私を抱き上げ、安全な部屋へと運んでくださった。

チェルシー様の心の声はかなり乱れていて、距離をとっても私の頭の中に木霊していた。

第七章　告白する勇気

◇◇◇

この世界は馬鹿な奴らばっかりだ。

転生者が自分だけだと思ってやがる。

俺自身も地球という星からの転生者の一人だ。ただし、この世界が何の世界なのかは知らない。

だが見つけた。

「この世界はね、私がヒロインなの。それでね、これは略奪ゲームなのよ」

路地裏で拾った一人の子ども。

チェルシーは自分がヒロインだと言い、この世界について俺にぺらぺらと楽しそうに話し始めた。

バカな女だ。

転生者が自分一人だけだと勘違いしている。

俺はその子どもを自分の都合の良いように育て上げた。俺の言うことが全て正しいと認識させ、俺には逆らえないように教育をした。

欲しいものは力で奪うように教え込み、そして逆らえば容赦なく折檻《せっかん》したのだ。

ゲームとか略奪とかに俺は興味がない。

ただし、チェルシーの持っている情報を利用すれば金を稼ぐのにはちょうど良かった。

竜の国を憎む者たちは多かった。だからそれを利用した。

竜の体は高く売れる。しかも情報を売って煽ればいくらでも罪を犯す奴らもいた。

計画が全てうまくいったわけではないが、俺は巨万の富を得た。

チェルシーがアシェル王子を射落とせば国まで手に入る。そう思っていたが、チェルシーからの連絡では、悪役令嬢がちゃんと動いておらず、男たちを落とせないのだと愚痴が書かれていた。

なるほど。

俺は悪役令嬢エレノアは転生者であると仮説を立て、チェルシーの行動とその周りの動きを観察し、そしてその仮説が正しいであろうと確信した。

転生者とは厄介なものである。

ここら辺が引き際なのかもしれないと、俺はチェルシーを切ることに決めた。

現在チェルシーが牢へと入れられているらしい。拷問されようがこちらの情報などチェルシーはほとんど持っていない。

罪を全て被って処刑されてくれれば俺としては万々歳である。

もう二度とチェルシーに会うことはないだろう。

「さぁ、後は豪遊しながら一生を楽しく生きるかなぁ」

最後に転生者であろう悪役令嬢でも見てから出立するか。

そう思い、月明かりに照らされるテラスからその女の部屋へと忍び込んだ。

「だぁれ？」

澄んだ声がした。

一瞬雲へと入った月が、雲を抜けて部屋を照らす。月明かりに浮かぶ部屋の中にいる女を見て、俺は息を呑んだ。

ベッドから起き上がり、こちらを見つめる美しい女。

金色の髪は、月明かりにきらめいており、その澄んだエメラルドの瞳は俺を見て恐怖に怯えた。

加虐心を一気にそそられる。

頭の中で、傾国とはこの女を示すに違いない、やめておけと警鐘が鳴る。

全てを失うぞと、警鐘が煩く響く。

「っは！　略奪ゲームねぇ……こんな女からチェルシーが男を略奪できるわけがねぇ」

この女が欲しい。

本能がそう告げる。

あぁ。俺もまた、もしかしたらこの世界における駒の一つなのかもしれない。

◇◇◇

黒い服に身を包み、窓際からこちらを嘗め回すように見つめる男に、私は身をこわばらせた。

人の気配と、心の声が聞こえたと思ったら部屋に人がいたのである。

明らかに不審者である。

護衛の騎士たちは部屋の外に待機しているはずである。呼ばなければと思うが、恐怖から身動きがとれない。

『この女が欲しい』

その欲求に私は身の危険を強く感じた。

どうすればいいのだろうか。

『チェルシーがこんないい女に勝てるわけがない。はぁ。俺も人生を棒に振るかもなぁ』

その声に、私はチェルシー様の知り合いなのだと気づきさらに早く逃げなければと思った。

「なぁ、べっぴんさん」

「え？」

突然話しかけられ私はドキリとした。

その声は想像よりも柔らかで、こちらに向かってまるで交渉するように言葉を続けた。

「俺はあんたが欲しい。金も宝石も願うものはなんでも揃えてやる。だから俺のとこにこないか？」

『くそっ。何が好きかわからねぇから、困るな』

突然の申し出に、私は首を横に振った。

見知らぬ男の元になど、行きたいわけがない。

お金などの問題ではない。

「大切にするし、自由だって制限はしねぇ。こんな城で飼われるより自由に生きられるぜ？」

『こんな城で飼われるより絶対幸せにしてやれる。幸福という幸福をお前に捧げてやる』

女性の貴族は基本的には家に縛られるものであり、平民のような自由はないだろう。

だからと言って寝室に忍び込んでくるような男の元へ行くわけがない。

それに、私にはアシェル殿下がいる。

「私は、大切に思う方がいますので、行きません」

はっきりと告げたその言葉に男は驚いたように目を丸くした。

『チェルシーは、悪役令嬢は男好きで、男を侍らせていると言っていたが違うのか。っち。この感じからして、意志が固いな……。それで、前から悪役令嬢が機能しない理由の一つに、転生者の可能性をあげていたが……どうだ？』

頭の中で思考を巡らせる男に、私はドキリとした。

転生者。

チェルシー様以外にもいたのかと内心で驚いてしまう。

『あー。この世界転生者が多すぎるだろ』

男は頭を乱暴に掻くと言った。

「っは。なぁあんたも転生者なんだろう？　勝手に配役されて、悔しくないのか？　俺と来れば少なくとも、自分の人生を歩めるぜ」

『転生した者同士仲良くできるはず。まぁ可能性の話で転生者じゃないかもしれねーが。あんまり関係ねぇな。とにかくこの女が欲しいもんは欲しい』

私は静かに男の瞳を見つめると、自身の中で少し考える。

確かに、生まれ変わった当初は突然悪役令嬢という配役につけられて、思うことはあった。

勝手に人の心の声が聞こえてくるということに戸惑い、このままでは自分はいつか狂ってしまうのではないかと悩んだ。

しかし、今は違う。

アシェル殿下が、私にはいる。

この配役でなかったらきっとアシェル殿下には出会えなかった。

「私は、今、幸せなのです。ですから、貴方と共にはいきません」

はっきりと告げると、男は眉間にしわを寄せ、そして大きくため息をついた。

「んー。そりゃ困った。俺はお前が欲しい」

『今無理やり連れて行って嫌われたら、関係修復が難しいなぁ……どうしたもんか』

その時、部屋の扉がノックされた。

「エレノア様？　あの、話し声が聞こえるのですが、起きていらっしゃいますか？」

侍女の声に、私はほっとした。けれどその時、男が突然自分の目の前へと移動してくると、私の顎を手でつかみ頬にキスをした。

「まぁ、今日のところは諦める。だが、俺は欲しい物は全て手に入れるタイプなんだ」

『連れ去って嫌われても困る。それに現状連れ去れるだけの準備がねぇ』

私は男を睨みつけると手を振り払って言った。

「貴方のように、私を物と考える人の所には絶対に参りません。見た目だけで人を物のように扱う男など、願い下げです」

男は驚いたように目を丸くした。

「エレノア様⁉　失礼いたします！」

侍女が入ってきた瞬間、男は窓から逃げる。

侍女は悲鳴を上げて、護衛の騎士達が男の後を追う。

「エレノア様⁉　大丈夫でございますか⁉」

『なんと不埒な！　エレノア様ほどお美しいと、部屋の中ですら、安全ではないのですね！……私がもっとしっかりとお守りしなくては！』

人が来てくれた安堵で、私は、そのまま力が抜けるようにベッドへと横になった。

侍女や騎士達がばたばたとする中で、私は呆然と天井を見つめた。

こんな顔、こんな体でなければ、見知らぬ男に求められることも、恐怖にさらされることもないのにと、思い、両手で顔を覆った。

しばらくして、知らせを受けたアシェル殿下が部屋へと来てくれた。アシェル殿下は軽装であり、私は寝巻の上からショールを羽織っている。

「エレノア。大丈夫ですか？」

『連日エレノアには大変な思いばかりさせてる。くそっ。ごめん。僕がもっとしっかりしていれば……』

私はアシェル殿下に心配を掛けてはいけないと、笑顔を浮かべた。

「大丈夫です。何も問題ありません」

その言葉に、アシェル殿下は眉間にしわを寄せ、そして小さく息を吐いた。

「とにかく今日はゆっくり休んでください。夜分にすみませんでした。失礼しますね」

『ごめん。僕じゃ頼りないかもしれないけれど、絶対に君を守るから。城の警備を見直さなければ。ハリーと話をして、騎士団を動かすぞ』

私は思わず立ち上がり、アシェル殿下の服を掴んだ。

「え？」

『どうしたのかな？　あぁ。やっぱり不安なのかな』

不安だった。確かにすぐに休んだ方がいいのかもしれない。けれどアシェル殿下にもう少しだけ、傍にいてほしかった。

だが、わがままを言うつもりなわけではない。

「えっと……」

どうしようかと迷っていると、アシェル殿下は、微笑みを浮かべて私をソファーへと座らせると、その横に自身も座る。

「もう少しだけ、一緒に話でもしましょうか。そうだ。甘いホットココアか、ホットミルクか、一緒に飲むのはどうですか？」

『夜に甘いものを、エレノアと一緒に飲むなんて、ふふふ。なんだか子どもみたいで楽しいな。それに、エレノアも不安そうだし、もう少しだけ。仕事についてはハリーに頼めば大丈夫だろう』

その言葉に、私はすぐに頷いてしまっていた。

ハリー様には申し訳ないけれど、もう少しだけ、この胸の内に広がる不安が収まるまで、一緒にいてほしかったのである。

「ありがとうございます。ぜひ、ご一緒させてください」

私とアシェル殿下は一緒に甘いホットミルクを飲みながら、他愛のない話をして時間を過ごした。

アシェル殿下とこうやって夜に一緒に過ごせることが、私はとても幸福に感じ、そして先ほどの男が現れた不安も薄れていったのであった。

翌日、改めて私はアシェル殿下にあの男について話をし、チェルシー様の関係者であろうことを伝えた。

アシェル殿下はすぐに私の身辺の警護を増やし、窓の外にも必ず誰かが立つようになった。

前回二階だったのにも拘わらず侵入者があったことから、王城内全体の警備も見直されているようであった。

『ぼん、きゅ、ぼん』

ハリー様の安定の久しぶりの心の声に、私は和んでしまう。いやらしさがない分、聞いていても不快ではなく、それでいて、いつもこれなので、なんとなく、あぁ久しぶりに聞いたなぁなんてつい微笑みを向けてしまった。

「エレノア?」

『なんでハリーにそんな笑顔向けるんだ？　え？　ちょっと待って、ハリーだよ？』

アシェル殿下の声に、慌ててアシェル殿下へと視線を向けると言った。

「すみません。なんだかハリー様に会うのも久しぶりな気がして……なんだか、いつもの日常にほっとしたというか、なんというか……」

「あぁ。なるほど。それなら……よかったです」

『いや、よくないよくない。え？　ハリーだよ？　ちょっと、ハリーをエレノアに近づけるのはやめよう。くっ。僕ってこんなに嫉妬深かったかなぁ』

そんなことを呟くアシェル殿下を見つめながら、やっぱり可愛い人だなぁ、この人の傍に居れたら幸せだろうなぁなんてことを思う。

「エレノア。話を戻すけれど、チェルシー嬢について。彼女は今もよくわからないことをずっと言っているんです。私はヒロインだとか、エレノアは悪役令嬢だとか……おそらく、精神的に狂っているのかもしれません」

『会話にならないんだよなぁ。しかも略奪ゲームとか……エレノアの婚約者は僕だし、エレノアは浮気なんてしてないのに。むぅ』

「そう、ですか……」

「おそらく、エレノアの部屋に現れたのは、チェルシー嬢の父親のような存在の男なのだと思います。彼女の会話からもよくその男のことが出るので。何者なのかも、年齢も、国籍もわかっていません。ただし、チェルシー嬢の自白と現状の証拠で彼らが竜の国を亡ぼしたことに関与しているのは間違いないでしょう」

『恐ろしい。竜の国を亡ぼしても、平然と生きていることも、人の命を何とも思っていない言動も……』

その言葉に私はうなずきながら、アシェル殿下同様に恐ろしいなと感じる。

国を亡ぼしても、何とも思っていないのだろう。

人の命を何だと思っているのだろうか。

男は私のことを欲していた。だからこそ甘い言葉を投げかけてきた。けれどおそらく本来の男の本性は、竜の国を亡ぼしたことから言っても残虐なものなのだろう。

私は思わず拳を強く握った。

欲と血にまみれた金を使って自分を囲おうとした男に対して、私は人間とは恐ろしい生き物だなと改めて思う。

そんな金で幸せになれるものか。

私は心配そうに、こちらを見つめるアシェル殿下に視線を返して、口を開いた。

「また、現れるでしょうか……」

「わかりません。ただし、何があろうとエレノアは私が守ります」

『エレノアには近づけない。絶対に』

私はアシェル殿下の言葉が嬉しくて笑みを返した。その時また、いつもの声が聞こえて私は噴き出しそうになるのをぐっと堪えたのであった。

『ぼん、きゅ、ぼん。はぁ。また仕事が増える』

ハリー様の頭の中は未だによくわからないものだ。ただやはり、ハリー様の心の声を聴くと何となく平和だなぁと感じて、私は和むのであった。


男と会ってからしばらくたち、私は久しぶりに開かれる舞踏会に参加することが決まった。アシェル殿下は無理して参加する必要はないと言ったけれど、私が参加したかったのだ。

あまり長く社交界を休むと、いらぬ噂がたつ可能性もある。

私はいずれアシェル殿下の横に立つ妃となる立場である。その為には社交界に出ることは大切なことであった。

もちろんエスコートをしてくれるのはアシェル殿下であり、私は多少浮かれながら、舞踏会の準備を済ませ、アシェル殿下を待っていた。

舞踏会は、今でもあまり好きではない。

けれど、アシェル殿下と一緒にいられることは、とても嬉しかった。

「エレノア。今日も美しいです」

『はぁぁぁぁ。可愛い。本当に。ねぇ？　そんなに可愛くってどうするのさ』

『ぼん、きゅ、ぼん』

私は微笑みをアシェル殿下に向ける。

アシェル殿下もハリー様もいつも通りで私はあの男が現れた夜が今では幻だったのではないかと

思えるほどだった。

あの日以来、何も起こらない。

チェルシー様への尋問は進んでいるようだが、結局はそれ以上進展はなく、チェルシー様が言っていた拠点には誰もいなかったということであった。

チェルシー様もそれを聞き、自分が切られたことを悟ったのか、それ以来、以前のような明るさはなくなったという。ただ、それでもお父様という存在の事を信じているのか、いつか自分を迎えに来てくれるはずだと言っているのだという。

私は、この世界はゲームではないのだと改めて思いながら、今後どうなるのだろうかと心配になっていた。

ただ、今日は久しぶりの舞踏会であり、心配する思いは忘れようと、アシェル殿下に差し出された手を取った。

「アシェル殿下も素敵です」

「ありがとうございます。では行きましょうか」

『可愛いなぁ。もう』

「はい」

アシェル殿下の手を取り、舞踏会の会場へと移動する。

長い渡り廊下を抜け、そして舞踏会会場の入り口に立つ。この時が私は一番苦手だ。

人々の洪水のような声にいつも頭の中がぐるぐると渦巻き、気分が悪くなる。けれど、アシェル殿下の手を握っていると、それも大丈夫のように思えた。

ファンファーレと共に、私とアシェル殿下は会場へと入場し、たくさんの人々の拍手を受ける。

それと同時に渦のように人々の心の声が私の耳をつんざいていく。私はそれを表に出さないようにしながら微笑みを携える。

その時だった。

『さぁ、今日は君を連れて帰れるといいなぁ』

あの男の声が、私の頭の中に響き渡った。

気にはなっても、今は人々の歓声にこたえる方が先であり、きょろきょろとあたりを見回すことなどできない。けれど確実にこの会場のどこかにいる。

それが分かった瞬間、私は恐怖を感じた。

「エレノア？」

『どうかしたのかな？』

横にはアシェル殿下がいた。私はそれを思い出し、微笑みを顔に張り付け、そしてアシェル殿下の腕をぎゅっと握った。

「なんでもありませんわ。行きましょう」

ここは城の舞踏会である。男を捕まえるなら今日が勝負になるかもしれない。

私は覚悟を決めると、会場へと足を進めたのであった。

これからどうするべきか、私は静かに考えていた。

もし今回を逃せば、いつ捕まえられるかは分からない。その間、自分が狙われていることにおびえて過ごすのなんて嫌なことである。

ではどうすればいいのか。

私は、ちらりとアシェル殿下を見上げた。

こちらの視線に気づいたアシェル殿下は、どうしたのかと気遣うように視線を返してきてくれる。

『エレノア？　どうかしたのかな？　っく。今日も可愛いなぁ。あー。あんまり見つめるのは目の毒だなぁ』

可愛らしいのはアシェル殿下の方である。

けれど、アシェル殿下は可愛いだけの人ではない。

私のことを信じて、守ってくれる人。

信じても、良い人。

私の大切な人。

心を読む力のせいで、今まで人のことを信じられずに生きてきた。

どんな人間も、表と裏の顔があり、裏では私のことを酷い言い方をしている者たちばかりだった。

『淫乱な女』

『男をたぶらかす体』

『媚びを売り、見た目だけでちやほやされている』

私の外見を揶揄して様々な言葉を心の中でこちらに投げつけてくる。

生々しい性の対象とされる視線。

私自身ではなく、私の外見と体に集まる醜悪な言葉。

けれど、アシェル殿下は違う。

いつも、私のことを、私自身を見て考えてくれる人。

優しい人。

王子という立場を理解し、周りの人々には完璧な王子と言われるけれど、本当はとても可愛らしい人。

音楽のリズムに合わせて、私達は軽やかに会場で踊る。

会場中の視線が、私たちに集まるのを感じる。

そうすれば、私へ向けられる言葉も変わっていく。

『お似合いだわ』

『素敵。物語の王子様とお姫様ね』

『わぁ。美男美女とは、お二人のことね』

この人といれば、私は変われる。

拍手と共に私たちのダンスは終わり、私たちは会場に一礼をしてから、移動をする。

テラスへと出ると、夜風が頬をかすめていく。従者がアシェル殿下に飲み物を渡し、その一つを私へとアシェル殿下が差し出してくれる。

さっぱりとした柑橘系の飲み物に、私は笑みをこぼす。

「私、これ好きだってお伝えしましたか？」

アシェル殿下は微笑んで答えた。

「違いましたか？」

『好きそうだったけど、あれ？　違ったかな？』

「いえ、好きです」

私の外見から強いお酒ばかりを差し出そうとする男性たちのことを思い出し、私はくすりと笑ってしまう。

そして、心を決めると、侍女と従者に目配せで離れるように伝える。

アシェル殿下は小首をかしげるが私の行動を止めようとはしない。

「エレノア？　どうかしたのですか？」

『何かな？』

私は意を決して、口を開いた。

「会場内に、先日、私の部屋に忍び込んできた男がいるようです」

アシェル殿下は驚きの表情を一瞬浮かべたのちに、瞳が真剣なものへと変わる。

私は、手をぎゅっと握り、そして、覚悟を決めた。

「見たのですか？　すぐに騎士に言って捕らえましょう」

『城の警備は何をしているんだ。エレノアから聞いた外見については騎士たちに伝えているはずなのに、どうやってそれをかいくぐったんだ』

憤るアシェル殿下の心の声に、私は呼吸を静かに整えると、ゆっくりと言葉にした。

「いいえ、見たのではありません。聞こえたのです」

「え？　聞こえ……た？」

『えっと、声で判別したということかな？』

私は首を横に振ると、手をぎゅっと握り、勇気を振り絞って口を開いた。

「私は……昔から人の心の声が聞こえます。会場で、あの男の心の声が聞こえました。ですから、もし変装していても心の声を聴けばわかります」

一瞬の間が空いた。

アシェル殿下の心の声も聞こえない静かな間。

私は、アシェル殿下のことを信じると決めた。けれどこんな気持ちの悪い能力があると知られればどんな言葉を投げかけられてもしょうがない。

なんといわれるのだろうかと、私は静かに待った。

『え？　どういうこと？　心の声が聞こえるって……この考えていることが聞こえるってこと？』

私は顔をあげると、アシェル殿下の瞳をじっと見つめてうなずいた。

「そうです。全て聞こえるんです。距離があっても、聞こえます」

泣きたくなった。

もしかしたら今日でアシェル殿下とは会えなくなるかもしれない。アシェル殿下に拒否されて、もう二度と、会ってもらえないかもしれない。

そう考えると辛くて、涙を堪えた。

アシェル殿下のことを信じると決めたのに、それなのに、不安は私の心を飲み込んでいく。

もし嫌われたらどうしたらいいのだろうか。

嫌われたくない。やはり言わなければよかった。そしたら、ずっとアシェル殿下の横にいられたのに。

私は、自分の心の弱さを感じていた時、アシェル殿下の表情が変化していくのを見た。

アシェル殿下の顔が真っ赤に染まった。

『待って待って！　って、ってことはさ、僕がエレノア見て可愛いとか考えていたことも筒抜け!?』

私は思っていた反応と少し違うなと思いながらも、小さくうなずいた。

「はい……勝手に聞いてしまってごめんなさい」

頭を下げるとアシェル殿下は両手で自身の顔を覆って、そして口を開いた。

「ごめん。ごめんごめん。僕、不快にさせたでしょ!?　ごめん。僕って頭の中だと結構子どもっぽいというか、見た目王子様を意識していたから、あぁぁぁぁ。はずかしぃぃぃぃぃ！」

アシェル殿下は考えていることをそのまま口に出しているのだろう。心の声が聞こえなくなり、私はどうしようかと思う。

真っ赤になりながら悶絶している姿に、私を忌避する気配はない。けれど本心ではどう思っているのか。私は不安になりながら尋ねた。

「ごめんなさい……盗み聞きみたいですし、気味が悪いですよね」

その言葉にアシェル殿下は目を見開くと、私の両肩に手を置いて、慌てた様子で言った。

「ごめん。違うよ。違うんだぁ。えっとね、エレノア。聞こえちゃうものは仕方ないよね。でもほら、僕ってかなりの猫かぶりだから。だからだから。その、恥ずかしかったんだよ」

顔を真っ赤にしながらアシェル殿下にそう言われ、私はその瞳を見つめた。

「気持ち、悪くないですか？」

「え？　気持ち悪くはないよ。だってしょうがないでしょう？　体質なら。でもさ、あぁぁぁ。ごめん。ただ恥ずかしくて情けなくて、もうあぁぁぁぁ」

何とも言えない悶絶の声をあげたアシェル殿下は、大きく深呼吸をすると言った。

「とにかく、わかったよ。エレノアの前では出来るだけ心の声そのまましゃべるよ。そうすればエレノアも気にしなくていいでしょう？」

「え？……そんなことが、出来ますか？」

「ん？　うん。多分。聞こえちゃうこともあるとは思うけど……ちょっと努力する。人がいる時には仕方がないけど……でも。あぁっぁぁ。しばらく悶絶するのは許して。もう、恥ずかしい。穴があれば入りたい」

そういうアシェル殿下の言葉に、私は涙が零れ落ちた。

怖かった。

拒絶されるのが。

怖かった。

嫌われるのが。

なのに、なんて優しい人なんだろう。

「エレノア⁉　エレノア⁉　ごめん。僕気持ち悪い？　えっと、ごめん――――」

この人が好き。

私はアシェル殿下の胸に抱き着き、そう、思った。

アシェル殿下は深呼吸を何度も繰り返すと、私の方を見て言った。

「とにかく、まずは男を捕まえることを優先しよう。えっと、心の声が聞こえる件に関してはまた今度聞いてもいいかな？」

「はい。かまいません」

優しすぎる人だ。私はこの人のことを好きになれて良かったと思っていると、アシェル殿下は、少し視線をさ迷わせてから言った。

「あの、たまに、その、不埒なことを考えてしまうのは、男の性だから、本当にごめんなさい」

『心の声を全部出さないようにするのは、難しいかなぁ……許してくれるかなぁ……？』

私はそれを聞いて、笑ってしまった。

アシェル殿下になら、不埒なことを考えられてもなんだか許してしまえる気がする。

好きになった欲目だろうか。

「ふふ。大丈夫です。アシェル殿下より不埒な考えの殿方はたくさんいらっしゃいますから」

その言葉に、アシェル殿下は一度固まると、少し目を細めて言った。

「エレノア。エレノアに対して不埒なことを考えている者をまた教えてね。近づけさせないから」

「え？　は、はい」

怒っているのだろうかと思ったが、アシェル殿下は静かに呟くように口を開いた。

「ずっとそんな声が聞こえるのは……怖いよね。エレノアは美しいし、可愛いから特に大変だったよね……出来る限り、僕がエレノアをこれからは守るから」

ドキリとした。

ずっと自分の気持ちを分かってもらうことなど無理だと思っていたのに、アシェル殿下は、私の気持ちを知ろうとしてくれる。

噂話など関係なく、私を見てくれる。

「ありがとう、ございます」

嬉しい。

アシェル殿下がいれば、人の声が聞こえることも怖くない。

「たくさん声が聞こえて大変かもしれないけど、男を放っておくことも出来ない。でも、辛くなったらすぐにいって」

「はい」

私はアシェル殿下と共に会場へと足を向けるが怖くなどない。

アシェル殿下が一緒ならばどこへでも怖がらずに進める気がした。

「ちなみに、ハリーの頭の中っていつも難しいこと考えている？　たまに何考えているのか疑問に思うことがあって……あ、でも詳しくはプライバシーがあるから言わなくていいよ？　ちょっと気になっただけだから」

アシェル殿下の質問に、私は何と返したらいいのだろうかと思っていると、丁度、ハリー様が姿を現した。

『ぽん、きゅ、ぽーーーん』

アシェル殿下が何考えている？　みたいな視線で私を見つめてくる。

何と答えるべきなのだろう。

私は小さくアシェル殿下にだけ聞こえるように口を動かした。

「ぽん、きゅ、ぽーーん」

ぽかんと、アシェル殿下が固まり、次の瞬間ハリー様を鋭い眼光で睨み付けた。

その視線に、ハリー様が固まる。

私は、やっぱり言っちゃダメだったと、人の心を勝手に伝えてしまったことに罪悪感を覚えた。

これからは気を付けようと思っていると、ハリー様が私に救いを求めるように視線を向けてきたのだった。

アシェル殿下はそれからしばらくじっとハリー様を睨みつけており、ハリー様は視線を彷徨わせた後に口を開いた。

「あの、何でしょうか？　何かありましたか？」

「いや、何でもない。僕はお前がさらによく分からなくなっただけだよ。あぁ、咎めたいけど咎められないのが口惜しいよ。本当にね！」

その言葉にハリー様は眉間にしわを寄せるとちらりと私の方を見た。

「僕？　あの、王子様キャラはやめたのですか？　口調が……」

その言葉にアシェル殿下が顔を赤らめた。

「なんだそれ。お前、そんなこと思っていたのか？　え、どうしよう。他の人にもそう思われているってこと？　王子様キャラって……なんだよそれぇ」

「あ、いえ。口が滑りました。とにかくそろそろお時間ですので」

「わかっているよ。エレノア。それじゃあ行こうか？」

ある意味息の合った二人のやり取りに、いつもはこのようなやり取りをしていたのだろうかと思いながら、私は返事をした。

「は、はい」

ハリー様は未だに訝《いぶか》し気な表情を浮かべているものの、会場内へとアシェル殿下を戻す方が先決と思っている様子であった。

たしかに他の貴族たちへの挨拶もまだまだこれからである。きっとアシェル殿下が来るのを待ちわびている者達もいるだろう。

私はアシェル殿下にエスコートされて会場へと戻る。

会場の中は相変わらず様々な声で溢れかえっていたが、アシェル殿下が横にいてくれるだけで私は安心できた。

「エレノア。聞こえたらすぐに教えて。僕と騎士で内々に取り押さえられるように手はずを整えるから」

「はい」

私はその言葉に緊張しながら、会場内を見渡した。

その時、あの男の声がまた聞こえてきた。

『やっと帰ってきたか……さぁ、そろそろ動き出すかな』

私はちらりとアシェル殿下へと視線を向けた。その時であった。突然、会場内が真っ暗になったかと思うと、悲鳴と爆音、そして背筋が凍るような冷たさが会場内に広がっていった。

人々の心も混乱の渦に包まれ、たくさんのあふれかえるような声に、私は耳を押さえた。

そんな私の腰をぐっとアシェル殿下は抱くと腰の剣を抜き構えたのが気配でわかった。

瞬きをしてしばらく、アシェル殿下を護衛の騎士たちが取り囲んでいることにも気づいたが、突然会場の中央が明るくなり、皆がそちらへと視線を向けた。

そこには、一人の少女がみすぼらしい格好で立っていた。

「え……チェルシー……様?」

視点が定まらないチェルシー様の首はうなだれており、その瞳は彷徨うばかりで何も映してはいない。

「やらなきゃ、やらなきゃ、やらなきゃ、お父様の為に。お父様の命令よ。逆らえない。やらなきゃ……やらなきゃぁぁぁぁぁぁ！」

いったい何が起こっているのだろうかと私が思った時、男のあざ笑うような声が聞こえてきた。

『くくっ。さぁ、チェルシー。お前の最期の舞台だ。楽しむがいいさ』

チェルシー様の手には赤い液体の入った小瓶が握られていた。

それを見た瞬間アシェル殿下の顔色は変わり、焦った様子で声をあげた。

「あれを飲ませるな！　捕らえよ！」

『まさか⁉　竜の血か⁉　だめだ！　あれは飲ませちゃいけない！』

騎士達がチェルシー様めがけて走り、止めようとした。けれど、チェルシー様はこれを一気に飲み干してしまったのである。

そして、チェルシー様は耳をつんざくような悲鳴を上げた。

「きゃぁぁぁぁぁぁあぁっぁあっぁぁぁぁ！」

『痛い！　痛い！　焼ける！　いたいぃぃ。やだぁぁ。もう嫌だぁぁ。こんなの。でも、お父様からの命令だもの！　やらなきゃ死ぬだけ！　死にたくない！』

会場内に黒い霧のようなものが立ちこめ始め、そしてそれはチェルシー様の体の周りを渦巻くと、翼のように大きく広がった。

「竜の血……くそっ。禁忌に手を出したか！　騎士達は全員舞踏会の参加者の避難を優先しろ！第一騎士団は他の騎士達が参加者を避難させるまで盾となれ！」

アシェル殿下は声をあげ、傍に控えてきた第一騎士団がチェルシー様を取り囲む。

私はけらけらと笑いながら翼を大きく広げるチェルシー様の姿にぞっとした。

笑っている。けれど、心の中では耳をつんざくような悲鳴が今でも続いていた。しかしそれも狂い始め、笑い声へと変わっていった。

そしてその姿を見た瞬間に、アプリゲームの画面の背景に映っていた黒い翼の存在を思い出す。

あれは、悪役令嬢を悪魔のように見立てて翼をはやしたのではなかったのだということが、今になってわかる。

フラグだったのか。

人間が竜の血を取り込んで平気なわけがない。

そもそも竜の血や肉や鱗などを売買することは禁止されている。何故かと言えば、竜の体というものは魔力を帯びており、それを摂取したりすると何が起こるか未知数だからである。

摂取したある者は突然死し、摂取したある者は強力な力を手に入れた。ただし、強力な力を手にして無事だった者はいない。

だからこそ、手を出してはいけない禁忌とされ、諸外国でも同様に触れてはならないものと決められていた。

「殿下！　殿下も急いで避難を！」

ハリー様が声をあげ、アシェル殿下が私を抱き上げると騎士とうなずき合ってその場から離れようとした。

けれど、その時、突風が吹き荒れたかと思うと、背筋が凍るような冷たい風が頬を撫でる。

「だめよ……悪役令嬢は、ここにいなくちゃ」

チェルシー様の声が響いて聞こえた。

爆風と共に、人々の悲鳴、そして鋼と鋭い爪がぶつかり合う音が響き渡る。

アシェル殿下は目の前に突然現れた仄暗い瞳を宿した獣人の長い爪を剣で受け止め、それを押し返す。

「どういうことだ⁉ どうやって侵入した⁉」

「とにかく殿下！ 避難を！」

かなりの数の獣人達が乱入しており、騎士達は応戦し、貴族たちは散り散りに逃げ惑う。

人々の悲鳴と、混乱する声。

獣人達の唸り声と遠吠え、そして荒々しい息遣いまでもが聞こえてくる。

舞踏会会場内に血の臭いが広がり始めていた。

「エレノア！」

次の瞬間体が引っ張られたかと思うと、チェルシー様に体を掴まれていた。そしてそのまま体は宙に浮き、アシェル殿下から引き離される。

「エレノアァ！」

私は恐怖心から声すらあげられなかった。アシェル殿下に手を伸ばすが、四方八方から獣人達が姿を現し、アシェル殿下もハリー様も応戦するしかない。

怖い。

怖さから悲鳴も出せずに身をこわばらせていると、眼前にチェルシー様の息が感じられてゆっくりと目を開いた。

濁った目がそこにはあった。

闇に呑まれたようなその瞳に私が怯んだ時、チェルシー様が笑った。

「あははっ。悪役令嬢のくせに、何その顔」

『あははっははっははっは！』

心の中は狂ったように笑い声をあげているばかりだ。

「チェ、チェルシー様？」

「本当は、闇に呑まれるのは貴方のはずなのに、なんでかなぁー？　何で、ヒロインのわた、わた、わたしがぁぉぁぁぁぁぁ」

首を絞められ、息がつまる。

チェルシー様の爪が首に食い込んで、ギリギリと音を立てているように感じた。

「エレノア!!」

アシェル殿下の声が聞こえた。

けれど、その声に私は返事など出来ずに、このまま死ぬのだろうかと思った時だった。

『妖精のキスは特別よ』

そんな声を思い出した。そして、その瞬間、以前妖精ユグドラシル様にキスされた額が熱くなった。

目の前に光が溢れ、扉が現れた。

「え？」

次の瞬間扉から光の弓矢が飛んできたかと思うと、チェルシー様の肩を射貫く。

「きゃぁぁぁぉぁぉ！！！」

チェルシー様の悲鳴が響き、私はその手から解放された。チェルシー様は射貫かれた肩に手を伸ばすと、奥歯をぎりぎりと噛んで痛みを堪え、光る弓矢を一気に引き抜いた。

「ぐぅっぅぅ痛い痛い痛い」

光の中から現れた扉が開くと、そこから妖精の戦士が現れる。弓矢を構えたユグドラシル様が先陣をきり、チェルシー様から溢れでる闇を光の弓矢で射貫いていく。

小さな体のユグドラシル様だが、その光の弓矢は強力で、次々に闇を射貫く。

「妖精のキスは特別だっていったでしょ？」

『ふふっ！　驚いているわね！』

ユグドラシル様のいたずらに成功したような楽しそうな笑顔に、私が呆然としていると、いつの間にかアシェル殿下が私の近くへと来ており、私を受け止めると、担ぎ上げた。

「アシェル殿下⁉」

「片腕でごめんね！　でも、緊急事態だから、大人しく担がれていて！」

アシェル殿下も所々に傷をおっている。本来ならば第一王子という立場上自身の安全を優先すべきだ。

なのに、私を助けに操られる獣人達を薙《な》ぎ倒してきてくれた。申し訳ない気持ちと共に、私はアシェル殿下が来てくれたことを嬉しく思った。

だがその時、どこからか獣人を操る笛の音色が響き渡る。その音に反応して、獣人達が動きを変えていく。

獣人達は操られているだけである。だからこそ、アシェル殿下は他の騎士達に指示を出して出来るだけ犠牲がでないようにと戦い方を指揮している。

ユグドラシル様が焦ったように声をあげた。

「服従の笛だなんてそんなものがまだあったなんてねぇ！」

『助けに来たはいいけど、獣人はやっかいだわ！　こりゃあ一筋縄ではいかないわね！』

獣人達を助けたい思いがユグドラシル様の中にもあるのだろう。他の妖精たちにも獣人を出来るだけ傷つけないようにして捕縛するように伝えている。

戦いにくい相手であり、どうにかして獣人を操る笛を奪わなければと皆が考える。

そんな中、私の耳にあの男の心の声が響いて聞こえた。

『ははっ！　まさか妖精まで現れるとは！　捕まえて売れば富を築けるが、今はエレノアが優先だ！　さぁ、獣人達よ！　死ぬまで戦え！』

笛の音がまた鳴り響き、獣人達は自分が怪我をすることなど構う様子もなく突撃してくる。それは痛ましい光景であり、私は胸が痛んだ。

止めなければならない。

私は男の心の声が聞こえてくる方角に集中して耳を傾ける。すると確かに男の心の声が聞こえ、

その方角を指差してアシェル殿下に向かって声をあげた。

「あっちです！　あちらから聞こえます！」

「わかるの⁉」

「はい！　あちらから確かに聞こえます！」

「わかった！　エレノアを信じる！　皆行くぞ！」

アシェル殿下は私の声に頷くと、私を担いだまま数人の騎士に声をかけてそちらへと向かう。

一階のテラスの窓から外へと出たところで、私は木の上を指さした。

「あそこです！」

私は真っすぐに音の主がいるであろう木の上を指さした瞬間、男が焦った様子で動く気配を感じた。

『なっ⁉　何故わかった⁉』

アシェル殿下が指示を出し、護衛が弓で木の上を射った。その瞬間、男は木の上から飛び降りると、口許にある笛を歯で噛んでにやりと笑った。

鳶色の瞳と、薄暗い灰色の髪の毛。

貴族に見えるように服装は正装で整えられているが、その腰には剣が携えられている。

そればかりではなく、腰のベルトには短剣もいくつもついており、明らかに不審者である。

男は前髪をかき上げながら、口に咥えていた笛を離すと言った。

「はっ。まだ何か秘密があるな？　さすがは、傾国だなぁ」

『なんだ？　何故場所がわかった？　ただの転生者じゃないのか』

騎士達は男を取り囲むが、男に焦った様子はない。

アシェル殿下が私を担ぐ手に力を入れたのが分かり、緊張しているのが伝わってくる。

「あー。こうなっては、今回は無理か。一旦引くかなぁー」

『ふふっ。なわけあるか。エレノアを連れていく！』

男は笛を吹き、次の瞬間木々の陰から獣人達が飛び出してきた。

これほどの人数の獣人をどうやってこの王城へと引き入れたのか。

私は声をあげた。

「どうやってこの獣人達を連れてきたのですか！」

「ん？　内緒」

『チェルシーから抜け道の地図はもらっている。隠し通路も、王族すら忘れている道も全部な』

私はどれだけチェルシー様は王城の中をゲームで探索したのだろうかとその記憶力に驚くばかりである。私の場合は、ただ楽しんでいたが、チェルシー様の場合は本格的に攻略し、そして探索していたとしか思えない。

そんなチェルシー様だからこそ、城の内部を自由に行き来できたのだろうし、竜の国を亡ぼすことも出来たのかもしれない。

けれど、この国に生きている人たちが苦しむ為に、自分の知っている知識を使うことなどあっていいはずがない。

獣人達は唸り声をあげ、涎を滴らせながらこちらを睨み付けてくる。

外側だけ見れば、獣人達は獰猛に襲い掛かってきているように見えるだろう。けれど、心の内は違う。

操られていることに苦しんでいる。

嘆き、悲しんでいる。

私には獣人達の心の中の悲鳴すらも聞こえてきていた。

『やめてくれ』

『これ以上、人を傷つけたくない』

『いっそ殺してくれ』

『あぁぁぁ。もう、嫌だ。嫌だぁ。痛い。苦しい。死ぬ』

操られているからこそ、自身が怪我をしないように動くことすらできない。痛みと苦痛、そして他人を傷つけることに対する罪悪感。

私はこぶしを握り締め、悲鳴のようなその声に、涙が出そうになるのを必死にこらえた。

「エレノア。こっちに来いよ。お前さえくれば、この獣人達も解放してやるよ」

『これからは豪遊しながら暮らしていけばいい。獣人はもう捨て駒だな』

非道な男の声に、私は涙を堪えたまま男を睨み付けると声をあげた。

「貴方のような方の元へは死んでもいかないわ！」

「エレノアは僕の婚約者だよ。お前のような極悪非道な男に渡すわけがないだろう！」

アシェル殿下の言葉に、私は嬉しく思いながら、男の心を読む。

『獣人を盾にして、この先にある隠し通路にエレノアと共に入れれば俺の勝ちだな』

「この先にある隠し通路に私は貴方とは行きません！」

心の声が聞こえた瞬間に反応した私に、男の表情が固まる。

私ははっきりと言った。

「貴方が逃げ切れることはないわ」

心の声を頼りにすれば、絶対に貴方を見失うことはない。

私は男を睨み付けた。

「男を捕らえるぞ」

アシェル殿下の言葉に騎士達はうなずき、剣をかまえ、獣人達を薙ぎ倒していく。

男の笛の音に操られた獣人達はこちらに襲いかかってくるが、洗練された騎士達はアシェル殿下と私を守るように戦い、獣人の柔軟な戦い方にもすぐに対応すると、戦い方を乱されることなく、剣をふるう。

「エレノア！　しっかり掴まっていて！」

「はい！」

私はアシェル殿下にしっかりとくっつく。本当ならば私を下ろした方が戦いやすいだろうが、アシェル殿下は私をしっかりと抱えていた。

「妬けるなぁ。エレノア。来いよ。お前を絶対に幸せにしてやるから」

『どんな能力があるかは、後で確かめればいい。とにかく攫う！』

男の言葉に私は返事を返す。

「嫌です！」

次の瞬間、痺れを切らしたように男はアシェル殿下に攻撃を仕掛けようと、獣人を盾にして近づく。

騎士達は獣人を止めたが、男を止めることが出来なかった。アシェル殿下は男の剣を自身の剣で受け止めると言った。

「諦めろ！　逃げられはしない」

『くっ。獣人を傷つけずには無理だ』

獣人達は自身がいくら傷を負おうと、操られるままに痛みを無視して戦い続ける。

それは見ていて痛々しく、アシェル殿下の悔しさが私にも伝わってきた。

獣人達の苦しみが分かる私は、どうにかこの状況を打開できないかと考えを巡らせ、視線を獣人を操る笛へと向けた。

あれさえあれば、獣人達だけでも止められる。

『くそっ！　ええい！　こうなれば獣人が何人死んでも構わん！　俺の盾となれ！』

獣人達がアシェル殿下の前へと、飛び込んでくる。

アシェル殿下は切るのを躊躇った。

その瞬間男が剣を振り上げアシェル殿下へと振り下ろす。

「させないわ！」

私は両手を広げてアシェル殿下を守ろうと男へと飛びかかった。

「なっ⁉」

『くそっ！』

「エレノア！！！」

男は剣を止め、私の体を片腕で受け止める。

私はその瞬間、男の首からかかる笛を奪い取ると、勢いよくそれを吹いた。

獣人達は動きを止め、私は笛を出来るだけ遠くに向かって投げる。

「エレノア！　さっすがぁ！」

笛を受け止めたのは妖精のユグドラシル様であり、ユグドラシル様はその笛に魔法を込めて粉々に壊した。

その瞬間、笛に込められていた魔法が砕け散ったのか、強風が吹き抜けていった。

「くそがぁ！！！」

男の声が響いた時、ユグドラシル様はにやりと笑うとパチンと指をならす。

「さぁ、報復される覚悟はある？」

『獣人達はかなりご立腹よ！　服従の笛が壊れたのだから、やっと戦えると、意気込んでいるでしょうね！』

魔法なのだろう。突然扉が光に包まれて出現すると、そこから甲冑を身につけた獣人達が颯爽と現れた。

「同胞を傷つけた者を捕らえよ！　怪我をした者達を救出せよ！」

『逃がさんぞ！　同胞の仇を取る！』

獣人達を指揮するのは、獣人の国の王弟であるカザン様であり、こちらにちらりと視線を向けるとウィンクしてきた。

一体何がどうなっているのか、私には分からなかったけれど、それでもどうにか男の腕から逃げ出さなければと身をよじった。

甲冑を身に纏ったカザン様の指揮により、操られていた獣人達は次々と押さえつけられ、身柄を次々に拘束されていく。

笛が壊れたことで放心状態となった獣人達は自分自身に起こった出来事を理解出来ていないような表情を浮かべている。

けれど、自分の体が自分の意思で動くようになったことに気付いた者からその場に膝をつき、涙を流している。

私はとにかく操られていたことから解放されてよかったと思った。

獣人達の心の声は、悲鳴が消え、解放された喜びを伝えてくる。

男の腕はぎゅっと私の腰を抱き、そして、私の耳元で囁いた。

「言っておくが、獣人はまだまだ捕らえている。中には子どももいる。ふっ。俺についてくる気になったか？」

『脅したくはないがしょーがねーな』

その言葉に、私は驚くと男を見た。

『本当に美しいな。宝石みてーだ』

獣人を物のように扱い、命を軽く見ている男に私はぞっとした。

それと同時に、自分が一緒にいけば幼い命を救えるかもしれないということに、私の気持ちは揺らぐ。

行きたくはない。

けれど、行かなかった時に本当に他の獣人を救えるかどうかはわからない。

どうすればいいのか、私が戸惑った時だった。

『エレノア！』

アシェル殿下の私の名を呼ぶ声が、一際大きく聞こえた。

視線を向けると、アシェル殿下と視線が交わった。

「アシェル殿下……」

絶対に、私を信じてくれる。

私を助けてくれる。

そして、アシェル殿下はきっと獣人の子ども達についても最善を尽くしてくれる。

たとえ男についていったとしても、本当に獣人がいるのかも、また、解放されるのかも保証はない。

それならば、私が選択するべきなのは、アシェル殿下を信じる道だ。

「アシェル殿下ならば、貴方がどんな企みをしていようとも、きっと他の獣人の子ども達も助けてくれるわ」

「はっ⁉　それはどうかな？」

『無理やりにでも連れていく！』

男は片腕で私を担ぎ、アシェル殿下の剣を受け止めると押し返す。

男の仲間達もその場に現れ、鋼がぶつかり合う音が響いた。

けれど明らかにこちらが優勢であった。

私はもがき、男の腕から逃れようとするが、男の力になすすべもない。

こういう時、自分の非力さが嫌になる。

『とにかく、隠し通路へと逃げるが勝ちだな』

男の声にぞっとする。

けれど、すぐに聞こえたアシェル殿下の心の声に、私は落ち着きを取り戻した。

『エレノア！　大丈夫だよ！　絶対に助けるから無理に暴れないで！　怪我したら大変だから！』

私はうなずく。恐怖を感じながらも何も出来ない自分に嫌気がさす。

その時、私は、はっとした。

『絶対にエレノアを助けるんだ！』

『恩人を攫われるわけにはいかん！　息子達に顔向けが出来んわ！』

『エレノア！　大丈夫よ！　妖精に不可能はないわ！』

今まで、心の声が聞こえることは、私にとって苦痛でしかなかった。

心の声というものは、私にとって恐怖であり、そして欲をありのままに送りつけられる、苦痛なものであった。

けれど、今、私の心に響く声は、今までに感じたことのない程、優しいものばかりだ。

傷つきながらも、自分を守ろうとしてくれる者の存在が私の心を強くする。

諦めない。

私は絶対にアシェル殿下の元へと戻るのだと、思った時であった。

『許さない』

「え？」

顔をあげ、空を見上げると、そこには恐ろしい形相でこちらを睨み付けるチェルシー様の姿があった。

『ずるいずるいずるいずるい』

チェルシー様の頭の中はその言葉で埋め尽くされており、私を仄暗い瞳でじっと見つめてくる。

『ヒロインは私、私、私……悪役令嬢なのに……お父様、お父様……なんで……』

バグが起こったかのように、心の声はひび割れている。泣いているような、悲鳴を上げているようなその心の声に、私の胸は痛くなる。

苦しんでいるのが、心の声を通して届く。

『あぁもう！　チェルシー。邪魔だな』

それなのに、お父様と繕られている男は、まるで他人事のように冷ややかな声であった。

冷たくて、人間を人間とも思っていないような声は、今まで聞いてきた声のどれよりも冷ややかであり私は人間とはこうも他人に対して冷徹になれるのだと知った。

それなのに。

『お父様！　お父様！　私、私、わ、私が……私はヒロインだから』

チェルシー様の声に涙が零れてしまう。

もし私が、チェルシー様の立場として生まれ変わっていたらどうだったのだろうか。自分はヒロインだという立場で、異世界というわけのわからない世界で。

もしもなんてことはない。

それに、自分の人生をどう歩むかは自分自身である。それは分かっている。結局自分がどう行動したかによって運命は変わっていくということは分かっている。

けれど。

「チェルシー様……」

涙が零れてしまう。

きっと彼女は大きな罪を犯し、たくさんの人を傷つけてきた。

時間は戻ることはないし、犯した罪は消えない。

けれど、今の彼女は悲鳴を上げて泣き叫んでいる。

チェルシー様の瞳からは黒い涙が零れ落ち、そしてその翼は大きく広がると、悲鳴と共にその身は黒い鱗に覆われていく。

「お父様！　チェルシーを置いていかないで！」

「うるさい！　お前は命令に従い、ここの奴らを全員殺せ！」

「いや、いやいやいやいや！　なんでその女を連れていくの⁉　違うでしょう⁉　お父様は、お父様にはチェルシーが必要なはずよ！」

そう言ってチェルシー様は男の元に一気に下降するとその腕に縋りついた。

「えぇい！　離せ！　お前は他の奴らを全員殺せと命じただろう！」

「お父様。お願い！　お願い！　置いていかないで！」

「うるさい！」

男に腕を振り払われた瞬間、全身に痛みと苦痛が広がっていったのだろう。

声にもならない悲鳴がうずまく。

そしてその姿は次第に化け物に変わっていってしまう。

人の心が薄れていく。

「おどうざまぁぁぁぁ」

縋りつくチェルシー様を男は振り払うと言った。

「命令だ！　他の奴らを殺せ！」

「あぁぁぁぁ」

チェルシー様は獣人、人間、敵味方関係なくその大きな翼から闇をまき散らし、薙ぎ倒していく。

そしてチェルシー様から生えた巨大な爪が私に向かって振り下ろされた時、私の目の前には、大きな翼をもった竜の王子ノア様が立っていた。

突然の登場に、私は唖然とする。

何故ここに？

ノア様は剣を引き抜くと、その剣は銀色に美しく輝いていた。

「今、楽にしてやる」

恨みがあるはずなのに、ノア様の声は優しかった。そして次の瞬間、チェルシー様の体を剣が貫く。

「ぎゃかぁあっぁあっぁあっぁあっぁあっぁ」

『いやゃぁあぁあっぁあっぁあ』

悲鳴が響き渡った。

ユグドラシル様は今だとチェルシー様からあふれていた闇を光の弓矢で次々に打ち消し払っていく。

この隙にと男が私を隠し通路へと引きずり込もうとした時、アシェル殿下が私の腕を引き、そして男をけり倒した。

「くそっ！」

『逃げるしかないか！』

男は必死に隠し通路へと逃げようとしたのだが、そんな男の首をノア様は尖った爪のある手で持ち上げ、地面にたたきつけた。

私はアシェル殿下にしがみつきながら、男と、そしてチェルシー様へと視線を向ける。

男はノア様に押さえつけられており、チェルシー様は地面に倒れていた。

「あ……アシェル殿下……ちぇ……チェルシー様が」

「あぁ……」

真っ黒な血が、チェルシー様の周りに血だまりを作る。

肉が腐ったような腐敗臭が広がり、血だまりはごぽごぽと音を立てていた。

私は思わず、アシェル殿下の腕から抜け出て、チェルシー様の元へと駆け寄った。

「チェルシー様！」

「……ははっ……」

チェルシー様は笑っていた。

『なんでかなぁ……私、バカだから……あぁ……違うな……私は愚かだったんだ。自分のことばかりで、人が死んでも、現実じゃなくて、ゲームみたいで、だから、私は死ぬんだ』

どくどくと、黒い血がチェルシー様のお腹から溢れ出てくる。けれど、そのおかげか、黒い鱗に覆われていたチェルシー様の顔半分は、元に戻っていた。

その姿は歪であり、今、チェルシー様が息が出来ているのが奇跡と呼べるほどであった。

「チェルシー様……」

思わず私がチェルシー様の手を握ると、こちらをちらりと見て、苦笑を浮かべた。

『ずるいなぁ……こんな時でさえ、綺麗だなんて……あぁ、あー。お父様、大丈夫かしら……ふふっ。バカだなぁ。お父様は私のことなんて、疾っくの昔に見限っているのに。私だって捨て駒にすぎないんだから』

ノア様は男の足を切りつけた。

「やめろ！　お前、お前！　ふざけるな！」

「ふざけるなはこっちのセリフだ」

ノア様は冷静に男の身動きが取れないように足の腱を切った。

「うわぁぁぁ。っくそ。お前……お前、お前の同胞を殺したのは俺だけじゃない！　俺のせいじゃねぇ！」

男は声をあげるけれど、ノア様はそれを無視すると、男のうなじを剣の柄で叩き、気を失わせた。

「ぐっそ……」

『俺は、俺は……絶対に、エレノアを……』

その心の声を最後に、男は意識が途切れて、何の心の声も聞こえなくなった。

ノア様は私の方へと歩いてくると、チェルシー様を見下ろして言った。

「……生き残るか、死ぬかは、この女の気力しだいだ」

『禁忌に手を出すとは、愚かなものだな』

生き残ったとしても、罪から逃れることはできないだろう。私はそれでもチェルシー様の手を握ると、涙を流しながら叫んだ。

「頑張って。貴方は、貴方はちゃんと自分の罪と向き合うべきよ！」

この流れる涙は、チェルシー様に対しての憐みの涙ではない。獣人達の心の声が、ノア様の心の声が、私の心を酷く揺さぶった。

死んで罪から逃れるな。

「貴方は大罪を犯したのよ。それは、許されることではないわ」

私の言葉に、チェルシー様は笑う。

『知っているわよ……』

チェルシー様は悔しそうに顔を歪ませて、涙をこぼした。

『なんで……悪役令嬢のくせに……なんで……私は……私は何で……』

次の瞬間、チェルシー様の意識は途切れた。

「エレノア」

アシェル殿下は私の横に立つと、そっと支えて立たせてくれた。

「とにかく、一度安全な場所へ移動しよう」

『大変な舞踏会になったな……エレノア……大丈夫かな』

私はその言葉に小さく頷いた。

アシェル殿下は私のことを抱き上げ、ハリー様にその場を収束させるように指示を出した。

「大丈夫。エレノア終わったんだよ」

今になって震えが止まらなくなった私の背中を、アシェル殿下はずっと優しく摩ってくれた。

「はい……アシェル殿下、ありがとうございます」

「いや……うん。大丈夫。大丈夫だよ。さぁ、一度部屋に戻ってゆっくりしよう」

私はアシェル殿下に連れられて部屋へと戻った。その後は部屋に戻って安堵したからか意識が飛んでしまい、目覚めるとすでに朝日が昇っていた。

その後私は部屋に報告に来てくれたハリー様から、操られていた獣人達はカザン様の指揮の下、捕らえられ調べられることとなったこと、そして男の仲間だと思われる者達は捕まり牢へと入れられたことを聞いた。

男には名前がなく、自分のことをナナシだと名乗った。そして、今回の首謀者として捕らえられた。

チェルシー様は意識を失ってから現在も意識不明のまま眠り続けているのだという。

その体は、半身が腐りかけており、生きながらに苦痛が続いているだろう。

生きているのが不思議なほどだと、医者は言っていたそうだ。

アシェル殿下はその後カザン様達との話が終わってから私のことを心配して部屋に来てくれた。

それからしばらくの間、アシェル殿下とは他愛ない話をして過ごした。

私は、今回の一件を通して当たり前が当たり前ではないのだと、アシェル殿下と過ごす時間の大切さを感じたのだった。

ノア様は、本来ならばあの場には来られないはずだった。けれど妖精ユグドラシル様の手によって、獣人の事は獣人が、竜人の事は竜人が片をつけるのが道理であると呼び出されたらしい。

竜の国は滅ぼされてしまったが、その主犯であるナナシとチェルシー様を捕らえられたことで、ノア様は少しだけ報われたようなそんな表情を浮かべていた。

心の声も落ち着いていて、恨みに呑まれることなく前を向いているようで私はほっとした。

事件から数日が経ち、私はアシェル殿下と共に客室にてノア様と向かい合って座っている。

「ノア様……助けていただきありがとうございました」

そう告げると、少し困ったような表情をノア様は浮かべていた。

『恩を……少しは返せただろうか……それにしても、手を伸ばせばそこにいるのに、手が届かないな』

どういうことだろうかと小首をかしげると、横にいたアシェル殿下が私の腰に手をまわしてにこやかな表情で口を開いた。

「ノア殿のおかげで、エレノアを助けられた。本当に感謝する」

『ダメだよ。エレノアは僕のだ』

アシェル殿下の心の声に、内心ドキドキしながら、そんな心配必要ないのにと心の中で笑ってしまう。

「いや、本来ならば軟禁状態の俺が行くことは叶わなかった。エレノア嬢がユグドラシル様を元々助けたことが今回のきっかけ。俺としては同胞の仇をとれた。こちらこそ感謝しかない」

『この男のものでなければな……幸せそうな姿を見れば、気づいてしまったこの気持ちなど、無意味なものだ』

どういうことだろうかと思いながらも、その後話は進み、ノア様は元の屋敷へと帰っていった。

どこか私を見つめる瞳が寂しげに見えたけれど、その心は前を向いており私はほっとした。

恨みでは人は前に進めない。

でも、きっとノア様ならばこれからちゃんと前を見て未来へと歩んでいけるだろう。

「ノア様は……きっと大丈夫ですよね？」

私がそう呟くと、横にいたアシェル殿下は少しだけむっとした表情で口を開いた。

「エレノア。あのね、他の男の心配はしなくていいよ」

最近のアシェル殿下は思ったことをそのまま私の前では口にするようになった。だから副音声のような心の声は聞こえないのだが、その代わり、私は首をかしげてしまう。

「えっと……私何か間違えましたか？」

「違うんだよ。そういう意味じゃないんだ。何ていえばいいのかな。男っていうのはね……いや、知らない方がいい。エレノアはそのままでいて。あぁぁぁぁ。僕って心が狭い男だよ。本当にさ！」

ぶつぶつと呟くアシェル殿下が可愛らしくて、私は思わず笑ってしまう。

けれど、不意に思い出すのだ。

まだ眠っているままのチェルシー様と、ナナシという男について。

一応事件は収束したが、これからチェルシー様とナナシは裁判にかけられることになる。

私はそれとしっかりと向き合い、ちゃんと結末まで見届けなければならない。

そう思った時であった。部屋の中ににぎやかな声が響き渡り、ユグドラシル様と獣人のカザン様が楽し気な様子で入ってきた。

ノックはどこへいったのやら。

私はなぜか意気投合している二人を見て、少しだけ心が明るくなった。

カザン様とユグドラシル様はとても楽しげな様子で部屋に入ると、当たり前のようにソファーへと腰を下ろした。

この二人はとても賑やかで、貴族社会で生きてきた私にとってその賑やかさは心地のよいものだった。

そんな二人は、侍女が用意したお茶を一気に飲み干すと真剣な表情へと変わり、カザン様が静かに口を開いた。

「アシェル殿の協力のおかげで、ナナシに捕まっていた他の者達も、無事に救出が出来た。本当に感謝する」

ユグドラシル様もうなずき、言葉を足した。

「他に捕まっている子達がいないかちゃんと確認して、他にはいなかったから、これで取り敢えず一安心ね」

ナナシの言っていた獣人の子ども達も無事に救出されたことに私は安堵した。

聞くところによれば、あの事件の日からアシェル殿下はカザン様とユグドラシル様と協力をし、ナナシのこれまでの動きを徹底的に調査していたという。

サラン王国側からは自国内部で起こった事件ということで獣人の国へと正式に謝罪文を送り、今回の一件を速やかに対処する意向を伝えた。

ただし、今回事件が起こったのはサラン王国ではあるが、ナナシの国籍は不明であり、他の国でも悪行を重ねていたこともあり、サラン王国側に全ての責任があるわけではないとのことを、獣人の国側も了解しているとのことだった。

その後の話し合いにより、ナナシは、今回の一件にて獣人の国の刑罰が適用されることとなり、カザン様と共に獣人の国へと連行されることが決定した。

法で裁かれ、その上で、処罰が下されることとなる。

チェルシー様は、サラン王国の人間であることからサラン王国側の法で裁かれることが決定された。

「チェルシー様は、目覚めるのでしょうか?」

私がそう呟くと、ユグドラシル様は難しい顔をして言った。

「無理かもしれないわね。もはや生きているのが奇跡レベルだもの。目覚めたとしても、体は動かないでしょうよ」

『いつ死んでもおかしくないわ……』

ユグドラシル様の言葉に、私は膝の上に乗せている手をぎゅっと握り、ゆっくりと息を吐いた。

人の生死をこの世界で初めて身近に感じる。

アシェル殿下はそんな私の手を優しく握ってくれた。

温かな手の体温を感じ、私が力を少し抜いた時であった。

『うふふ。なになに。いちゃいちゃしてぇ~。可愛いわねぇ~』

『はぁあ。ラブラブというやつか。若さがうらやましいなぁ』

二人の心の声に私は一気に顔がほてってってしまう。

恥ずかしさから手を離そうと思ったのだが、アシェル殿下は私に笑みを向けると、手を先ほどよりも指を絡めてしっかりと握った。

恋人つなぎというやつに、私の心臓はうるさいくらいに鳴る。

『エレノア。もう少し繋がせていてね。牽制しておかないと、エレノアを攫われたらたまったもんじゃないからね』

アシェル殿下は心の声で私にそう伝えてくる。

攫われるとはどういう意味だろうかと思っていると、ユグドラシル様からもカザン様からも意味深な視線を向けられて、私は少し緊張してしまう。

心の声はぴたりと聞こえなくなり、何故か、ユグドラシル様とカザン様とアシェル殿下は笑顔で見つめ合っていた。

「まぁ、エレノアが幸せならいいのよ」

「そうだな」

「もちろん幸せにしますよ」

三人はそういうとまた笑い合い、私はどういう意味なのだろうかと、首をかしげるのであった。

事件の一件から一週間ほどが経ち、私たちの生活は落ち着きを取り戻していた。

妖精や獣人達もそれぞれの国に帰り、平和が訪れる。

ユグドラシル様はこれからも時々遊びに来ると言っていたので、またそのうち顔を見せてくれるだろう。ただし、妖精特製クッキーの持参はご遠慮いただいた。こちらでお菓子はたくさん準備するのでと伝えると、とても嬉しそうに帰っていったのでよかった。

カザン様も、また子どもたちを連れて遊びに来てくれると言っていたので私はまた皆に会えることも楽しみだなと思っていた。リク、カイ、クウも私に会いたいと言ってくれていたそうなので、再会が楽しみである。

そして、ナナシの刑については、裁判が行われたのちに知らせてくれるとのことだった。

最終的にチェルシー様は、現在の眠っている状況で何かをした場合、何が起こるかわからない危険性があるとのことで、王宮から離れた神殿に幽閉されることになった。目覚めたとしても、神殿に幽閉され、その生涯が終わるまで奉仕作業をすることになるだろう。

ユグドラシル様もカザン様もとても別れを名残惜しそうにしてくれて、私も寂しく思った。

何故かアシェル殿下は複雑そうな顔で『心配が尽きないよ。はぁ、早く結婚したい』と呟いていた。

私としても早く結婚はしたいけれど、王妃教育がまだまだ終わっていない私としては現実的にまだ学びの時間が必要だということは分かっていた。

そして今日は王妃教育の一環として、アシェル殿下と一緒に街の視察に来ているのだが、街の人々の視線が今までとは違っていて、私は恥ずかしいけれど、どうにか顔をあげて平静を装っていた。

『あの人が、エレノア様かぁぁ。アシェル殿下は幸せだろうなぁ』

『妖精に愛される乙女だって噂の人だよなぁ……妖精より美しいじゃないか？』

『うっはぁぁぁ。獣人の王子達がメロメロになるはずだ』

ナナシの事件から噂が広がり、街では私の様々な話が持ち上がり、枝葉のような広がりを見せていた。

『男を虜にしてしまうなんて罪な女ねぇ。でも、あの美しさならしょうがないわぁ〜』

『男達が取り合って最終的にアシェル殿下の勝利とかなんとか噂があったが、アシェル殿下よくやった！　あんな美しい人が王妃になるなんて、っはぁ！　最高だな』

街の商店街を視察していると、様々な声が聞こえてくる。

男性から向けられる生々しい感情ではなく、どこか称賛を含んだような言葉が聞こえてきて、私は何となく恥ずかしいけれど、どこか嬉しさも感じていた。

アシェル殿下の横に立つのにふさわしい女性になりたい。私はそう思うようになっていた。

「エレノア？　大丈夫かい？　もし、不安なこととか、心配なこととかあったら言ってね？」

こちらを気遣ってくれるアシェル殿下の優しさが嬉しくて、私はもっと頑張らなければと思った。

アシェル殿下の横に立つということは、国民に愛される王妃を目指すということでもある。私に本当にそれが出来るのだろうかという不安はあったけれど、実際に街を視察して、私の決意は固まりつつあった。

今まで、人から向けられる心の声が怖かった。

けれど、私の横にはアシェル殿下がいつもいてくれる。

そして、アシェル殿下の横に立って、私には初めて見えてきた景色があった。

心の声が聞こえることは不幸なことばかりではないのだ。そしてその心の声は、時には私に不利益をもたらすけれど、決して敵ではないのだということに今回の事件を通して気が付いた。

だからこそ私は、しっかりと前を向いて、心の声と向き合っていくことを決意した。

自分の能力と向き合い、そしてその上でアシェル殿下と共に歩んでいきたいと思った。

視察の帰り、私はアシェル殿下と一緒に街を見下ろせる小高い丘へと登ると、そこで少しだけ二人きりの時間を設けてもらった。

夕日に照らされる街はとても美しく、私はまっすぐにこうやって街を見下ろすのは初めてだなと感じる。

風が、草木を揺らして、通り過ぎていく。

「エレノア？　どうしたの？　何か、心配事でもあったの？」

私の様子をうかがうようにそう尋ねてくれるアシェル殿下に、私は向き合うと、勇気を振り絞って言った。

「私、アシェル殿下が好きです」

「え？」

突然の言葉にアシェル殿下は顔を真っ赤に染め、そして頬を赤らめながら嬉しそうに言葉を返してくれる。

「あー。もう！　もう！　突然どうしたの？　そんなに可愛いこと言って、何？　僕を試してるの？」

『だめだ。頭の中でも考えちゃう！　わぁぁ。もうこれはもうエレノアが可愛いのが悪い！』

アシェル殿下は可愛い。いつも私はその可愛らしい心の声に翻弄される。だって、こんなに可愛い人に出会ったのは初めてなのだ。

アシェル殿下に出会ってから、私は心の声が聞こえることが悪いことばかりではないのだと知った。

アシェル殿下がいてくれたから、私はこの能力があってよかったと思えた。

アシェル殿下が、好き。

私はアシェル殿下を見上げると、その頬に手を伸ばした。

「貴方に出会えて、私は幸せです」

アシェル殿下の顔は夕日に照らされているからか、いつも以上に赤らんでいた。

「エレノア」

「え？」

私の唇にアシェル殿下の唇が触れた。

突然のことに私は驚いて固まってしまう。

「エレノアが、可愛いのが悪い。もう。僕だって大好きだよ。君以上に可愛い人なんて知らない。本当に、僕の婚約者になってくれてありがとう」

恥ずかしかったけれど、私は勇気を振り絞ってアシェル殿下に抱き着いた。

アシェル殿下の心臓の音と、心の声が聞こえる。

『え、エレノア！　僕だって男なんだからね！　もう……エレノアが可愛すぎる。むぅぅ』

人の心の声がこれまでは怖かった。

自分に向けられる欲望や、非難、落胆。全てが怖かった。

けれど、アシェル殿下は大丈夫。こんなにも可愛い人はいないし、そしてアシェル殿下からならばどんな声が聞こえても大丈夫な気がする。

「アシェル殿下、私、頑張ります。だから、これからもよろしくお願いいたします」

「うん。もちろん。僕こそよろしくお願いします」

私たちは笑い合い、そして街を見つめた。

綺麗だった。世界がこんなにも美しいのだと私はちゃんと見てこなかったから気づいてさえいなかった。

『ぼん、きゅ、ぼーーーーん。殿下をよろしく』

最後の最後に、遠目からこちらを見守っていたハリー様のその声が聞こえて私は心の中で返事をした。

『はい。可愛いアシェル殿下を大切にします』

自分のあだ名はずっと〝ぼん、きゅ、ぼーん〟なのだなぁと、いつかハリー様にもう少し可愛いあだ名にしてもらえないか提案してみようと思うのであった。

◇◇◇

王城内の美しい中庭に立つ精霊エルは、月のない空を見上げ鼻を鳴らした。

「……臭いな……」

人間にはかぎ取れないであろう、おぞましい程の血と憎しみの臭い。それが混ざり合い、酷い腐敗臭を生み出している。

「……このままだと、あれを呼び寄せるぞ……」

エルはため息をつくと、その足をエレノアの部屋へと向ける。

音もなくエレノアの部屋へと入ったエルは、眠っているエレノアの額の妖精の口づけの跡に、自分の唇も重ねた。

「困ったらいつでも呼べ」

寝息を立てていたエレノアの瞳がゆっくりと開く。

「……エル様？」

体を起き上がらせたエレノアは小首をかしげ、夢うつつにエルを見上げた。

エルは指を鳴らし部屋の中に明かり代わりにと、小さな光をたくさん浮かべる。

まるで蛍のような美しい光が舞う様子にエレノアは瞳を輝かせた。

「綺麗」

エルは光に手を伸ばすエレノアの頭をやさしくなでると言った。

「綺麗なのはそなただろう。お前ほど美しい魂の形を、私は見たことがない」

『人の魂だというのにおかしなことだ』

「え？　ふふ。そんなわけありません。私なんて、どこにでもいるような人間です」

優しい微笑みを浮かべてエレノアがそういうと、エルは我が子を見るような優しい瞳で言った。

「お前のような子を私は知らないよ。けれどね、その美しい魂は、お前に困難をもたらすだろう」

『あれはおそらくお前にも寄ってくるだろう』

困難と、〝あれ〟という言葉にエレノアは背筋を伸ばし、エルの方を真っすぐに見た。

「困難とは、どんなことですか？」

以前まで、どこか人に対して諦めたような様子だったエレノアが、今ではこうも輝く瞳を持っていることにエルは嬉しく思い微笑んだ。

「人を惹きつけるお前だが、人ではないモノも引き寄せるだろう。困ったことがあればいつでも私を呼ぶがいい」

『美しさの代償か……どうか健やかであらんことを』

「人ではないモノ？」

「あぁ。この世界には様々な生き物がいるが、あれは、生き物とは別物だ」

『できれば近寄りたくないモノだ』

エルの言葉に、エレノアはじっとエルのことを見つめると尋ねた。

「それはどのようなモノなのでしょうか。私に出来ることはありますか？」

「お前の唯一と力を合わせなさい。きっと一緒ならば乗り越えられるだろう」

『一人でなければ大丈夫だ』

頷いたエレノアに、エルは手をかざして言った。

「さぁ、おやすみ。良い夢を」

エルに手をかざされた瞬間、瞼が重たくなりエレノアは夢の世界へと落ちていく。

ベッドに横たわったエレノアにエルは布団をかけなおし、それからその寝顔を眺めた。

眠っている姿はまるで美しい人形のようであり、エルは小さく息を漏らす。

「人間に生まれたというのに、こうも美しいというのは……難儀なものだ」

エルは立ち上がると、光に包まれて元の中庭へと戻る。

夜の静かな中を歩いていくと、また、あの臭いが漂ってきた。

「……人間とは恐ろしい生き物だ」

これほどの業を生み出せる生き物はそういない。エルはエレノアにあれが近づかないことを祈ったのであった。


黒い霧の中からあれと呼ばれたものは目覚め、臭いを頼りに移動する。

あたり一帯には、動物が腐ったような臭いが立ち込めていた。

腐敗したその心地の良い香りは、空になった胃袋を刺激して音を立てさせる。

地鳴りのようなその音に、動物たちは逃げ、植物たちは枯れ落ちる。

「あぁぁぁぁぁ。いい、臭いだ」

久しぶりのごちそうの臭いに、その重い足取りは少しだけ速くなる。

ずぷずぷという音がどこからか聞こえ、黒い霧の中から、舌なめずりが響く。

「腹が減った……はぁ……久しぶりに、満たされそうだが……ん？」

鼻を動かし、遠くの人間の街へと視線を向ける。

「なんだ？　この、臭いは……」

自分の空腹を満たす良い香りの腐敗臭ではない。けれど、どこか心が惹かれるようなそんな臭い。

だがその時、また腹の音が煩いくらいに鳴り響く。

「あぁぁあ。だめだ。だめだ。とにかく今はこっちだ。はぁぁ。良い香りだ」

腐った臭いというものは、どうしてこうも食欲をそそるのか。

あれと呼ばれたものは動き出した。それを食べるために。

そして、そんな腐敗臭を身にまとって眠っていたチェルシーはその悍ましい気配に目を、今、覚ました。

「……はは、はははははは！　生きている。私、生きているのね……」

そう呟いたチェルシーは自分の状況と部屋を見回してにやりと笑みを浮かべた。

「ふふふ。なるほどねぇ〜。エレノアと私の立ち位置が入れ替わった。つまり、ゲームのアップデート後が、ここからスタートするっていうわけかしら？」

にやっと笑ったチェルシーには、自分の死が目前に迫っていた時の後悔の色など微塵もない。

「どうせ私は大罪人だもの……最後まであがいてやろうじゃないの」

体は動かない状況であり、しかも部屋の中に腐った臭いが充満している。

激痛が走り、今の状況が悪いことはチェルシーにだってわかる。

「さぁ、来なさいよ。私だって、やればできる女なんだから！　悪役令嬢エレノアがゲームの中でできたなら、私にだって出来るはずよ！」

第一部が略奪ゲームならば、アップデート後の第二部は防衛ゲームである。

闇の悪魔に呑まれたエレノアに、攻略対象者との好感度を上げて心を奪われないようにする異色作。攻略キャラも増えてはいるが、登場させるかどうかはヒロイン次第。

「ふふふ。やってやろうじゃないの」

チェルシーはにやりと笑みを浮かべ、それが来るのを待った。

「私はヒロインだったけれど、悪役令嬢にだってなれるわ……」

その時、部屋の中が黒い霧で包まれ、闇が訪れた。

鼻が曲がりそうなほどにひどい臭いが部屋の中に立ち込める。しかし、それ以上に自分が腐りかけ、異臭を放っていることにチェルシーは気づいていた。

「大丈夫……絶対に大丈夫よ」

黒い闇の中からこちらをじっと見つめてくるその瞳に、チェルシーの背筋は寒くなる。

「さぁ、ゲームスタートよ」

それでも、チェルシーは引くことはない。

「くっくっく……食べがいがありそうだな」

それと対峙した今、チェルシーに逃れるすべはない。


私はただならぬ寒気を感じ、顔をあげると慌てて辺りを見回した。けれど、見渡せば美しい花々が咲き誇る庭が見えるだけだ。

何かぞわりとするような、肌に張り付くような何かを感じた。

「何?」

腕をさすりながら、もう一度辺りを見回すが、特に何もない。

「エレノア？　どうしたの？　何かあったの？」

アシェル殿下の問いかけに、私は首をかしげると、すぐにアシェル殿下に向き直って答えた。

「いいえ。なんでもありません。ただ……嫌な感じがして」

そう伝えると、アシェル殿下は私の手を優しく握ってくれた。

「何かあっても、僕がエレノアを助けるからね？」

その言葉に、私は笑った。

「はい。ありがとうございます」

暖かな日差しを感じながら一緒に過ごす時間がとてもいとおしい。

願わくばこの平穏な時間が長く続きますようにと、心から祈る。

けれど、現実とはそう上手くいくようには出来ていない。

アプリゲームがアップデートされて物語が続いていることに、この時のエレノアはまだ気づいてすらいないのであった。

書き下ろし番外編

ハリー様の好き

「ハリー様って、休日はどのように過ごしていらっしゃるのかしら」

私はふと、手に持っていた本から視線をあげると誰もいない部屋に向かって呟いた。

今日は妃教育も休みであり、侍女達も下がらせてゆっくりと一人部屋で図書室から借りてきた本を読んでいたのだけれど、私の頭をその疑問が不意に過っていった。

何故過ったのかと言えば、読んでいた本の中に眼鏡をかけた登場人物が描かれており、そこから脳内で連想していった結果、ハリー様に行きついた。

常日頃からハリー様の頭の中はどうなっているのだろうかという疑問を抱いていたけれど、結局のところその原因も理由もわかっていない。

「思考回路が、おそらく人とは違うのよね」

そう。ハリー様はきっと特殊なのである。

では普通の人とはどう違うのだろうかと私は気になりだしてしまう。

「何か、人とは違うところがあるのかしら？」

私は本にしおりを挟んでから閉じると、机の上へと置き立ち上がった。今日はアシェル殿下と一緒に昼食を取った後、一緒に過ごす予定である。

その時に通常であればハリー様も一緒に来るであろう。

「……聞いてみようかしら」

小さく思い付きを呟き、呟いたことでそうすればハリー様の思考回路が理解できるのではないかという期待が湧き上がる。

「アシェル殿下にも、話をしてみようかしら」

アシェル殿下ならば、一緒に考えてくれるような気がして、私はそうしようと心に決めると昼食が待ち遠しくなるのであった。

そしていつもよりも時計の針が進むのが遅かったように感じつつも昼食の時間となり、部屋がノックされた。

返事を返すと、部屋にアシェル殿下とハリー様が入ってきた。

「エレノア。おまたせ」

『ぼん、きゅー、ぼーーーん』

最初から絶好調のハリー様である。私はアシェル殿下と一緒に昼食をとってから庭の方へと散歩に出た。

いつ話題を振ろうかと思っていると、アシェル殿下がくすりと笑った。

「エレノア。何か言いたいことあるのでしょう？　ふふふ。さっきからすごくそわそわしてる」

気づかれていたかと、私は顔をあげると言った。

「はい。実は朝から気になっていることがありまして。ハリー様って、毎日どのように過ごされているのですか？　ほら、頭の中がすごく気になりまして」

その言葉にアシェル殿下はふむと顎に手を当てると言った。

「たしかに、僕もハリーがどんな風に過ごしているかって知らないなぁ～。うーん。じゃあ今日はハリーの仕事見学でもしてみようか？」

「え？　仕事見学ですか？」

アシェル殿下は楽しそうに笑うと言った。

「そう。ハリーにはどんな仕事をしているのか見学させてほしいって言えば大丈夫じゃないかな」

本当にそれで見学させてもらえるのだろうかと思ったが、アシェル殿下はハリー様を呼び、それを伝えると、ハリー様は困惑したような表情を浮かべた。

「見学ですか……別にかまいませんが、楽しくはありませんよ？」

「いいよ。いいよ。仕事見学ついでに僕は王城内のことをエレノアに案内するし」

「そうですか」

『ぽん、きゅ、ぽん。……見学？』

それは頭の中でつなげると変な感じになるのでやめてほしい。アシェル殿下は笑顔で私に向かって心の中で呟いた。

『ほら、大丈夫だったでしょう？　ね？　今日はせっかくだから王城の色々な所も案内するよ！ハリーは忙しいから、いろんなところに移動するだろうしさ』

私はアシェル殿下とうなずき合って、ハリー様の仕事見学をすることになったのだった。

「では、通常業務をしてもよいとのことなので、動きます」

「あぁ。僕たちは勝手についていくから気にしないで仕事をして」

「わかりました」

その後ハリー様はというと、動く動く動く動く。

ハリー様は王城内の様々な部署へと確認のための書類を手に持って回っており、的確に仕事をこなしていっているようであった。

ただ、ハリー様の頭の中というか、若干私としては人間性を疑ってしまう。

『装飾美人』

『シークレット厚底』

『偏見おやじ』

頭の中ではあだ名なのかなんなのか、変な呼び方で人の事を呼んでいる。

口ではしっかりと本名を呼んでいると言うのに、何故あえてあだ名をつけているのか。

「ハリーは僕とそれぞれの部署とを繋げてくれる役割もしているから、忙しいんだよ。本当にハリーがいてくれてよかったと思っているんだ」

アシェル殿下のその言葉に、確かに見た目と仕事内容だけならばかなり優秀であると感じる。

ただ、心の声が聞こえている私としては、何とも言えない気持ちになる。

そして、確認作業が終わるとまたハリー様は動き始めた。

私は一生懸命についていくのだけれど、私がつく頃にはハリー様は次の場所へと移動をし始めるタイミングであり、アシェル殿下はそれを見て笑っていた。

「エレノア。ハリーって本当に忙しいから、ふふふ。エレノア。可愛いなぁ！　ドレスだから移動大変だもんね！　ふふふ」

『可愛すぎるよぉ！　一生懸命についていこうってしてるの。かーわーいーい！』

私は一生懸命ついていっているのにと思いながら、次の所でやっとハリー様に追いついた。

王城内にあるものの、林を抜けた先にあるそれは小さな小屋のような場所であった。

林の中には何軒か同じような形の建物が建てられているようだ。

「ここは騎士団の事務所みたいなところかな。備品とかが置かれているんだ。他にもあるでしょう？　それぞれの担当の部署は違うけれど、備品や道具なんかが保管してある」

アシェル殿下にそう教えてもらいハリー様の方を見ると、ハリー様はてきぱきと仕事の話をしている。

手に持っていた書類を見ながら話をしており、忙しいのだなと思う。

「どう？」

『ハリー。何考えているの？』

アシェル殿下の言葉に、私は集中してみるけれどハリー様の心の声は通常運転であった。

『剣術バカ六号』

暗号のようだけれど、頭の中で騎士団の方々については番号をつけて呼んでいるという事実に、私は驚いた。

しかも会話をする分にはその人の名前をちゃんと呼んでいるという高等技術。

むしろもう名前で呼んだ方がいいのではないかと思うレベルである。

「……ハリー様は通常運転ですわ」

私がそう口にすると、アシェル殿下はそうなのかぁと少し残念そうな顔をしていた。

その時であった。

『あ……』

私はその声にハリー様の視線を追いかけると、視線の先には二人いた。

一人は、金色の髪と瞳を持った長身の眼鏡をかけた男性。

もう一人は、これまた金色の髪と瞳を持った小柄な眼鏡をかけた女性であった。

二人は顔立ちがとても良く似ていた。

だれだろうかと思っていると、二人がこちらに向かって歩いてくる。

『……』

心の声が静かになったと思った時であった。

『……好きだ』

「え？」

私は呆然とするしかなかった。

ハリー様の心の声が嵐のように頭の中を埋め尽くしていく。

『……好きだ。好き、あー、好き、しんどい。好き』

情報が、好きしかない。私としてはその声の大きさにも多さにも驚いていたのだけれど、頭の中が好きの洪水状態である。

一体何が起こっているのだろうかと思っていると、二人はこちらに向かって頭を下げた。

「第一王子殿下並びにご婚約者のエレノア様にご挨拶申し上げます」

アシェル殿下は普通に二人とあいさつを交わし、私も一礼をするのだけれど、頭の中は未だに好きの嵐が続いていた。

私としては大混乱である。

目の前には二人いて、そしてその二人が来たときに、ハリー様は頭の中で好きを連呼し始めた。

つまり、どちらかに思いを寄せていると言うことである。

あの心の機微のない、表情筋もあまり動かないハリー様がこれほどまでに慕っている相手とはいったい何者なのか。

「エレノア。二人はハリーと同期でね、城で働いているんだ」

「レイド・カーンと申します」

『エレノア様。噂に違わずお美しい』

「レイチェル・カーンと申します」

『可愛らしい方だわ。ふふふ』

「ちなみに二人は双子なんだよ」

「そうなのですね。よろしくお願いいたします」

私は二人に表では優雅にあいさつを交わしながらも、なんと判断が難しいのだろうかと思う。

二人はハリー様に話があるようで、仕事の話を始めた。

見た目も名前も似通っている二人である。冷静に考えれば女性の方が片思いの相手かと考えるが、
だがしかし、ハリー様の心の声は、レイド様と話をしている時にも、レイチェル様と話をしている

時にも聞こえてくるのである。

どちらが好きなのか。

それとも二人とも好きなのか。

しかもさらに難題なのはこの二人である。

『『ハリー頑張っているなぁ。えらいえらい。あー。もう本当に可愛いわぁ。撫で回してあげたいけど、がまんがまん』』

非常に難しい。

双子だからなのか、心の声までシンクロしている。

というか、判断が非常に難しい。

その後も双子はハリー様の事を心の中で可愛い可愛いと愛でており、ハリー様はハリー様で無表情なのに好きのオンパレードである。

『『仕事ちゃんとしてる。はぁぁ。本当に優秀なんだから。誇らしいなぁ。っていうか本当に可愛い。ハリー。ハリー。かーわーいーいーハリー』』

シンクロするレイド様とレイチェル様の声は最後の方は歌っているようだ。

『すきー』

無表情のハリー様は、心の声は甘々である。

いつも心の中がよくわからないハリー様のその甘々な声に若干引いてしまう。

意味が分からない状況に、私は心をスンと静めると、小さく深呼吸をする。

「アシェル様、ハリー様もお忙しそうですし、行きましょうか」

「え？　エレノア、もういいの？」

『どうしたんだろう？　顔が、スンってなってる。何それ可愛い』

私はアシェル殿下に向かって頷いた。

「はい。行きましょう」

「う、うん。ハリー。僕達もう行くよ！　後で仕事の確認等はまとめてするからよろしくね」

『え？　何？　え？』

三人はこちらに向かって一礼し、また仕事の話へと戻った。

外見から見れば問題なく仕事をしている様子なのだけれど、三人の心の声は三人ともに仕事をしている人の声ではなかった。

これほどまでに外面と内面が違う三人も珍しい。

私達はその後、ゆっくり話が出来るようにとガゼボへと移動し、侍女達がお茶を準備するとそこで向かい合って座った。

私は先ほどの事を思い出しながら、アシェル殿下に尋ねた。

「ハリー様は、あのお二人と仲がいいのですか？」

その言葉にアシェル殿下は頷く。

「そうだね。二人は親戚にも当たるらしくてね、幼い頃から仲良くしていると聞いているよ」

『え？　何？　何があったの？』

私の言葉を待ってくれるアシェル殿下に、私は何とも言えない気持ちになる。

これは、どう伝えればいいのか。

というか、判断が非常に難しい。

「……そうですか」

私は紅茶をゆっくりと飲む。

アシェル殿下も、合わせるように紅茶を飲む。

私は見てはいけないものを見てしまったような、ばつの悪さを感じた。

「え？　何？　もしかして心の中では仲が悪いの？　あの三人」

その言葉に私は首を横に振る。

「いえ……とても……とても仲が良いようです」

言えなかった。

というか、個人的なことでもあるし、それに何よりも、三人のあの状況をどう自分でも判断すればいいのかが分からなかった。

ただ、仲がいいのは確かだろう。

「ハリー様。あのお二人の事はとても大事に思っているのですね」

これが精一杯であった。

アシェル殿下は頷くと言った。

「そうだね。そういえばこの前三人でランチに行ったって話していたよ。今度エレノアと一緒に行ってみてはどうかって教えてもらったんだ」

「そうなのですか。ぜひご一緒させてください」

そう答えながら、三人がランチをしている姿が頭をよぎる。

私は、首を横に振ると詮索しないことを決めた。

ただ。

「今度こそ下町デート、成功させようね」

『エレノアと一緒は楽しいだろうな』

「はい。楽しみです」

三人の今後の展開がどうなっていくのか見守ってもいいだろうかと、ちょっとだけ考えた。

それからハリー様を見かける度に、レイド様とレイチェル様はいないかなと捜してしまうようになってしまった。

中々三人でそろっているところを見ることは難しい。

三人は本当にどういう関係なのだろうか。幼馴染で旧友で遠い親戚。

あの関係性からするにかなり仲が良いことは確かである。

それから数日後、約束をしていたカフェへと一緒に行こうと誘われ、私はアシェル殿下と共に馬車で向かった。

本日のカフェは貸し切りにしてあると聞いている。ただ、前回のようなことがあってはいけないので、今回はカフェのみのお出かけとなっている。

馬車を降りると、素敵なカフェの外観が見えた。

看板の周りには可愛らしい花々が植えられており、その横には小さな水鉢が置かれていた。中をのぞくと、可愛らしい小魚が泳いでいる。

「可愛らしいですね」

そう呟くと、アシェル殿下も頷いた。

「そうだね。綺麗だ。なんていう種類だろうね？　珍しい」

アシェル殿下にエスコートされて中に入ると、中は広々としている。天井が高いつくりとなっており、見上げると、建物の梁がむき出しになった造りになっていた。

私達は席に案内され、本日のおすすめの紅茶が並べられていく。

不意に、私は一角に小さなスペースが造られていることに気が付いた。

一緒に来ていたハリー様や侍女はそこで待機するらしいのだが、なんとそこへレイド様とレイチェル様が現れた。

心の声を聴いていると、どうやらレイド様とレイチェル様の知り合いの方がカフェのオーナーのようであった。

アシェル様とのデートだと楽しみにしていたというのに、ハリー様達のことが気になってしまい集中できない。

不意に視線をあげると、アシェル殿下が楽しそうにこちらを見つめていた。

「エレノア。三人のことが気になるんだ？」

「あ、も、申し訳ありません」

怒られるのだろうかと思うとアシェル殿下は首を横に振って言った。

「謝る必要はないよ～。ふふ。ハリーはもう僕の中では考えていることが謎の一言に尽きるからね。気になるのは仕方ないよ。あ、でもエレノア。ケーキ来たみたいだよ？」

カートに載せて運んできたのは一人の男性であり、机の上へとアフタヌーンティーのケーキスタンドを載せた。

のっているのは可愛らしいケーキであり、私はその可愛らしさに瞳を輝かせた。

「可愛らしいですね」

アシェル殿下にそう伝えると、アシェル殿下も微笑んでいった。

「そうだね。とっても可愛いし、おいしそうだね」

『あー。最高。好き』

「え？」

間にハリー様の心の声が交ざった。

ちらりとハリー様達の方を見ると、机の上に何種類ものケーキがのせられており、心の声から窺うに、カフェのオーナーから試食を頼まれたらしい。

『あー。好き。しんどい、あー』

私は分からなくなった。

ここに来て新キャラ登場だろうか。もはやハリー様が好きなのは誰なのか、迷宮入りしそうである。

レイド様なのか、レイチェル様なのか、はたまたカフェのオーナーなのか。

頭の中で疑問が渦巻いた時であった。

「あ、そういえば、ハリーってさ、大の甘党なんだよ」

「え？」

「ケーキ大好きなんだ。ほら、前にマフィン作っていたってての覚えているかな？　ハリー。実はケーキ作りも上手なんだ」

「え？……」

私はハリー様の方を見る。

ハリー様の視線は、ケーキへと向いていた。

分からない。

もはや分からない。

ハリー様が好きなのは。

「アシェル殿下」

「ん？　どうしたのエレノア？」

私はケーキを一口食べて、その甘さに微笑んだ。

「ケーキとっても美味しいです」

「ん？　うん。美味しいねぇ」

「はい」

私は考えることを放棄した。そして、ケーキの美味しさを大好きなアシェル殿下と一緒に共有することに専念したのであった。

書き下ろし番外編

忘れていた思い出

「エレノア。しっかりと交流を深めるのよ」

『はぁ。この子気味が悪いのよね……他の家の子もそうなのかしら』

「我が家の恥とならないようにしっかりとするのだぞ」

『見た目はこの上なく美しいというのに、ぐずな娘だ』

両親の言葉に、私は小さく返事をする。そして同じ馬車に乗って王城へと向かった。

前世の記憶がある上に、心の声が聞こえるという能力を持つ私は最初のころこそ、その生活に慣れずにいたけれど、十年もたてばさすがに慣れる。

ただ、両親に愛されていないということは前世の記憶があっても、胸にぽっかりと穴が開いているように感じた。

心の声さえ聞こえなければ、外面の良い両親に愛されていると思えたかもしれない。

けれど、全部聞こえてしまっているので、勘違いすることはできない。

馬車の中では、両親の心の声がずっと響いて聞こえていた。

『気味の悪い子。はぁ。見た目はいいのに、どうしてこうも暗いのかしら』

『もっとはきはきと出来ないのか？　あぁ、男の子ならよかったのになぁ』

『はぁ。どうしてこんな子産んだのかしら。もっと出来の良い子ならよかったのに』

『俺に全く似ていないではないか。まさか俺以外の子なんじゃないだろうな。はぁ。そんなわけがないか……そうであれば離婚出来るというのになぁ』

似た者同士の夫婦だなと、常々思う。

私は外面だけはいい両親と共に王城に着くと、頭の中いっぱいにたくさんの人の声が流れ込んでくるのを感じた。

心の声が、頭の中で渦巻く。

前世の記憶を引用するならば、テレビやスマホやゲーム機を同時に大音量でつけているような状況である。

気分が悪くなるほどの音の激流であった。

けれど年数を重ねるごとに、この能力との付き合い方もわかってきてはいた。

それでも、大丈夫かと尋ねられれば大丈夫ではなかった。

うるさい。静かにして。何度もそう思った。

聞こえてくる人の声、自分に向けられる苛立ち、それらは私を疲弊させるのには十分であった。

だからあまり公の場に出たくはないのだけれど、公爵令嬢として生まれた以上は仕方がない。

私は、早く終わることを祈りながら馬車に揺られていたのであった。


そして、私は現在、泣きそうな状況に立っている。

「嫌になるわ。私。もう、本当に嫌」

ぐすぐすと呟きながら、私は王城の庭で道に迷って泣いていた。

王城の中は広くて、庭の同じところをぐるぐると回っているようであった。

十歳になった私は、今日は王城内で開かれたお茶会に参加していたのだけれど、いじわるな男の子達に追いかけまわされて、道に迷ってしまった。

大人達は別の場所でお茶を楽しんでおり、子ども達だけの集まりとして庭でお菓子を食べたり、遊んだりする場が用意されていた。

子ども同士の交流の場として開かれた場所だったのだけれど、貴族の令嬢や令息とはいえまだまだ子どもである。

基本的にはいい子の仮面を被ってはいるが、男の子達に目をつけられた私は、何故かずっと追い回されることになったのだ。

「おい。どこにいった？」

『見失った⁉　え⁉　僕が一番に見つけるんだ！』

「はぁぁ。どこにいったんだよ」

『他の連中に見つかる前に俺が絶対に見つけてやる！』

また声が聞こえてきて、私は木の陰に身をひそめると、小さくなって声が遠ざかっていくのを待った。

最初男の子達は何も言わずに無言で近づいてきたかと思うと、小突いてきたり、さりげなくスカートを引っ張ったりしてきた。

子どものすることだからと我慢をしていたけれど、次第にそれはエスカレートして私を追い回し始めたのだ。

しかも頭に響いてくる心の声では、私のことを絶対に捕まえるとか、一番に見つけてやるとか、捕まえたら逃がさないとかそんな考えが渦巻いている。

早くどこかへ行ってくれないだろうかと、小さくなっていたが、声が近くなってくる。

見つかりたくない。そう思った時であった。

風が吹き抜けていったかと思うと、植木の間に小さな穴がある事に気が付いた。

「こっちかなぁ」

『絶対捕まえてやる』

私は捕まって何をされるのかも分からず怖いので、その穴の中へと駆け込んだ。

その瞬間、光が眩しいくらいに輝いた。しばらくして、目を開けると、そこは広々とした小さな丘になっており、色とりどりの花が咲き誇っていた。

「わぁぁ」

風によって花弁が舞い上がり、甘い香りが風に乗って流れていく。

「綺麗……」

私はそう呟いた後、男の子達に見つかっていないだろうかと後ろを振り返ると、先ほど入ってきた穴はなくなり、男の子達の声も聞こえなかった。

「え?……おかしいわ」

辺りを見回すけれど、誰もいない。

違う意味で怖くなってきたけれど、そこは本当に美しく、私はしばらくの間ここで時間をつぶすことにした。

道に迷った以上、結局誰かに見つけてもらわないと帰れない。

それならば一人でここにいてもいいだろう。

それに何より、とても心地の良い静けさだった。

「……こんなに静かなのは久しぶりだわ」

空を見上げると青々とした空に、雲がのんびりと流れていく。

遠くの方から鳥の鳴き声や風が吹いて木々が揺れる音が聞こえるが、音と言えばそれくらいであった。

「気持ちいい。静かなの、久しぶりすぎて……幸せだわ」

毎日煩いくらいに他人の声が聞こえてくる。それによって私はかなり疲れていた。

独り言ちながら、誰もいないしいいかとその場に座って空をじっと見つめる。

その時であった。枝を踏む足音が聞こえ振り返ると、赤髪の男の子がこちらを見て驚いた表情を浮かべて止まっていた。

「わぁ。ここに人が入って来られるなんて、びっくりだよ」

男の子はそういうと私に向かって歩いてくる。

また追いかけられるのかと思ったが、男の子にそうした気配はなく、また何故か心の声も聞こえなかった。

「君、名前は？　どこから来たの？　ここってね、普通は入ってこられないんだよ。君、すごいねぇ」

男の子は当たり前のように私の横に座った。その見た目と服装から私はもしかしてと思いながら、聞かれたことに答えた。

「エレノア・ローンチェストと申します。公爵家より参りました」

「ん？　あー。君がエレノアかぁ。あ、丁寧にしゃべらなくて大丈夫だよぉ。ここは秘密の花園だから」

「え？」

「秘密の花園！　僕はアシェル。ここではね、ただのアシェルなんだ。だから素性は関係ないよ。エレノア、ここはね精霊の庭でね、僕とか、君もかな？　ちょっと疲れたら精霊が休憩すれば～って開けてくれるんだよ。それでね、ここでの記憶は、ここを出たら忘れちゃうんだ」

「え？　忘れるのですか？」

一体どういうシステムなのだろうかと思っていると、アシェルは言った。

「そう。休憩のための避難所みたいなものだからね。ここに入ったら思い出すけど。ふふふ。エレノアも疲れたんだね～。ふふふ」

笑うアシェルに私も思わず笑い返す。十歳なのにお互いに疲れているだなんて、おかしなことだと思う。

恐らく第一王子殿下だろうという思いはあったけれど、本人がただのアシェルだというのだからそこは尋ねない方がいいのだろう。

「アシェル様は」

「アシェルでいいよ。それにここでは身分も関係ないから敬語もいらないよ」

「えっと。うん。わかったわ。あの、アシェルはここによく来るの？」

アシェルは肩をすくめてみせると言った。

「うん。だって僕ってば疲れることばっかりなんだ！　だからさ、ここでは我慢せずにしゃべるし、思ったことは全部言うよ。ふふふ。僕ってさ、実は外ではかなりの猫かぶりなんだ。だからここでは猫被るのもしないんだよ」

「まぁ！　ふふふ。大変なのね」

「そうだよ。本当にさ、皆ってばいつも僕に理想を押し付けてくるんだから。まぁ、別にいいんだけどね。エレノアは？」

「私は……男の子達に追いかけまわされて、逃げていたらここに来てたの」

「追いかけまわされた？　あー。なるほどね」

アシェルはにやりと笑うと言った。

「エレノア可愛いから、皆君と仲良くなりたかったんだろうね」

「え？」

私は驚いているとアシェルは笑いながら言った。

「うん。君ってすっごく可愛い。美人だよね。僕が見てきた誰よりも美人で可愛い！　だから皆、君と仲良くなりたくなっちゃうんじゃない？」

「そう、なの？　分からないけど……それなら、追いかけまわすんじゃなくて友達になろうって言ってほしいわ」

そう思わず言うと、アシェルはまた大きな声で笑った。

「あははは！　可愛い女の子に声をそのままかけるのも、勇気いるし、ついちょっかいを出したくなるんだよ。まぁ僕の場合はそんなこと出来る立場じゃないからやらないけど」

そういうとアシェルは立ち上がり、葉っぱを手で払うと私に手を伸ばした。

「向こうに小川があるんだ！　一緒に遊ぼう！」

「え？」

私がどうしようかと迷っているうちにアシェルは私の手をグイッと引っ張ると立たせて、走り出した。

足がもつれそうになりながら、アシェルに手を引かれて私は花々の中を走る。

「こっち！　ここでは遊んだもの勝ちなんだ！　行こう！」

「ちょっと！　待って！」

「ははは！　ここで誰かと会うなんて初めてだから嬉しいや！　ほら、こっち！　紹介したい場所はたくさんあるんだ！」

アシェルが連れてきてくれたのはとても美しい小川であった。中を覗いてみると、色々な色の魚が気持ちよさそうに泳いでいる。

そしてよくよく見てみれば、川底には金色の砂があり、光をキラキラと反射させていた。

「ここには美しいものがたくさんあるのね」

そう伝えて顔をあげると、なんとアシェルが着ていたマントを脱ぎ、シャツと短パンだけになっていた。

「まぁ」

「エレノアもこっちにきて一緒に水で遊ぼうよ。気持ちいいんだよ」

そう言われても、私が着ているのはドレスであり、そう簡単に脱げるわけがない。それに脱いでしまえば下着になるわけで、まだ子どもとはいえ、人前で肌着をさらすわけにはいかないという思いがあった。

「えっと……」

「あー。女の子だもんね。なら、足だけでもつけたら？　気持ちいいよ」

そう言われ、私は足だけならいいかもしれないと、靴と靴下を脱ぎ、ゆっくりと足を水に浸した。

「冷たっ！」

思っていたよりも水は冷たかった。

私の声を聴いてアシェルは大きな声で笑っている。

最初こそ冷たかったけれど、水にしばらく浸していると慣れてくる。

「冷たいけど、気持ちいいわ」

「でしょう？　僕もここで遊ぶのは大好きなんだぁ～。ほら、見てて！」

そういうとアシェルは川底から金色の砂を持ち上げて、さらさらと水へと落としていく。

太陽の光を反射して美しく光る。

「すごく綺麗！」

「うん！　それにね、冷たくて気持ちいいし、さらさらしているんだよ。ほら、手を出して」

「えぇ」

アシェルが川ぞこの砂を持ち上げると、私の手へとそれを落とした。それは冷たくて、それでいて触り心地の良いものであった。

「不思議」

「まぁ、精霊の秘密の花園だからね」

「秘密の花園？」

「そう。最初にね、精霊に出会って教えてもらった。何でも、子どもの時にしか入れなくて、記憶にも残らないんだって。不思議だよね」

「うん。本当に不思議。でも、来られてよかった。アシェルは精霊に出会ったのね。うらやましいわ。精霊ってどんな姿だったの？」

その言葉にアシェルは肩をすくめた。

「さぁ。会ったのは覚えているけれど、姿は覚えていないんだ。夢みたいな感じ。本当におかしなところだよねぇ。むぅ。覚えていられたらいいのになぁっていつも思う」

「覚えていないのに来れるの？」

そういうとアシェルは小さく息を吐いてから私の横へと座り、足で水をぱちゃぱちゃとしながら言った。

「ほら、人間って限界があるでしょう？　んーとさぁ、僕って本当に外面がいいんだよぉ。それでさぁ、だからー。うん。それでどうしようもなくなるとここに来るんだ」

アシェルが足で水を蹴り、しぶきが上がる。

私はそれを見つめながら、小さく頷いた。

それ以上アシェルは何も言わずにしばらくの間水で遊んでいた。私も水をぱちゃぱちゃと鳴らしながら、二人で静かな時間を過ごす。

静かな時間が心地よかった。

「アシェルは頑張り屋さんなのね」

「え？」

私は水の中を泳いでいく魚を目で追いながら言った。

「だから、精霊もアシェルのことを心配して、ここに招いてくれたのだと思うわ」

アシェルは、私の言葉に少し照れくさそうに顔を背けた後、私の方へと今度は顔を向けてにっと可愛らしく笑って言った。

「それを言うなら、エレノアはきっと精霊に本当に好かれているんだろうね！　だって、王族以外を精霊が招いたなんて話聞かないもんなぁ〜。ふふふ。エレノアが可愛いから精霊も招いちゃったのかな？」

「まぁ。そう言ってもらえてふふふ。嬉しいです」

その言葉にアシェルはまた笑い、私達はしばらく笑い合った。

「あーあ。外に出てもエレノアのこと、覚えていられたらいいのに」

「私もアシェルのこと、覚えていられたらいいのになぁ」

私達は笑みを交し合う。

一緒にいて心地のいい相手に初めて出会ったような気がした。

けれど、時間はあっという間に過ぎていってしまい、終わりの時間はすぐにやってくる。

咲き誇っていた花の花弁が閉じ、そして空にはいつの間にか美しい月が昇る。

「あー。終わりかなぁ」

「夜？　もうそんな時間なの？」

アシェルは首を横に振った。

「違うよ。そろそろ帰る時間だよっていう合図。エレノア。ありがとうね」

「……そうなの。うん。アシェル。ありがとう」

私達は、握手を交し合った。

星が瞬き輝いた。


私は目を開けると、男の子達の声に肩をびくりと震わせた。

「どこだ～？　おかしいな」

『わぁぁぁ。どこにいったんだよぉ！』

男の子達が近くにいると思い、その場から離れようと思った時だった。

「見つけた！」

『こんな所にいたのか！　この機会を逃したらもう会えないかもしれない！　逃がさない！』

一人の男の子と視線が合い、私は立ち上がると逃げようとしたのだけれど腕を掴まれそうになる。

私は思わず目を伏せて縮こまった。

怖かった。

子どもとはいえ男の子の力は強く、いじめられるのだろうかという恐怖を抱いた時であった。

「君達。女の子に対して何をしているのだい？」

『あー。怖がっているじゃないか。それも分からないの？　むぅ。可愛い女の子を追いかけまわしたくなる気持ちはわかるけどさー。それはダメだよぉ』

優しい声だなと思った。どこかで聞いたことがあるようなその声に、私は何故だろうかと思う。

ゆっくり目を開くと、目の前に私を守るように男の子が立っていた。

「第一王子殿下！　あ、えっと……申し訳ありません。少し話がしたくて」

『可愛い女の子だったから、絶対名前聞きたくって追いかけまわしてたとか、かっこ悪くて言えないし！　あぁ！　タイミングが悪いよ！』

私は、本当にそれだけだったのだろうかと、今まで逃げ回っていたのが急に馬鹿らしく思えた。

それよりも第一王子殿下と呼ばれたということは、第一王子のアシェル殿下だろうかと私はちらりと見上げた。

「そうかい。失礼だけれど、もう少し丁寧に接する練習をすべきだよ」

『はぁ。可愛いもんねぇ。でもさぁ、かっこ悪いよぉ。あー。どう収めるべきかなぁ』

アシェル殿下は私に視線を移すと、優しく手を差し伸べて言った。

「ご令嬢。そろそろお茶会も終わる頃合いでしょうし、ご両親のところまで案内します」

『もう家に帰してあげるのが正解でしょう。あー。可愛い女の子だから追いかけたくなる気持ちはわかるけど、ちょっと方法が悪すぎるよ。怖がっているじゃないか。むぅ。ちょっと怖がらせるのはダメだよ！』

「あ、ありがとうございます。第一王子殿下」

男の子はアシェル殿下に注意されたことで顔を青くしている。

私は良いのだろうかと思いながらアシェル殿下のその手を取り、そしてその場を後にした。

手が触れた瞬間何かを思いだしそうだったのに、忘れてしまった。

アシェル殿下は同じ年とは思えないほどに落ち着いていた。ただ、心の声は少し面白い子であった。

『さぁ、大人達のお茶会はどうかなぁ～。お父様とお母様には、今回のお茶会には顔を出さなくていいって言われていたのに、顔出すことになっちゃったなぁ～。まいっかぁ』

王子とはいえ、子どもなのだなぁと心の声を聴きながら思っていると、不意にアシェル殿下がこちらをふりかえってきた。

「エレノア嬢。今日は楽しめましたか？」

『どうだったのかな？　もしかしてずっと追いかけられてた？　それなら、楽しめたどころじゃないよねぇ』

私は楽しめてはいないけれど、それを言うのもいけない気がして頷いた。

「はい。楽しませていただきました」

アシェル殿下はその言葉にじっと私のことを見つめてくる。

『あー。これはやっぱり楽しめてなかったやつだ。うーん。そうだ』

「エレノア嬢。少し寄り道をしましょう。こっちです」

「え？」

アシェル殿下に手を引かれて私が着いた場所は、小さな料理場のような場所であり、そこで一人の少年が何かを作っていた。

「ハリー！　お菓子ちょうだーい」

『また今日も作ってるよ〜。よく飽きないよなぁ〜』

ハリーと呼ばれた方は、可愛らしい花柄のエプロンと三角巾をつけており、丁度オーブンから何かを取り出したところのようであった。

キッチンの中は甘い香りで満たされていて、私は一人で男の子がお菓子作りをしていることに驚いていた。

『……人形？』

人形とは何だろうかと思い、ちらりとあたりを見回しても人形らしいものはなく首をかしげると、ぎょっとした顔をハリー様は浮かべた。

『⁉』

その様子を見て、首をまたかしげざるを得ない。

「アシェル殿下。お菓子ですか？　はい。そちらに焼きあがったものがありますので。あ、でも少しお待ちください。私が先に毒見をしますので」

ハリー様はそういうとこちらへとお菓子を盛った籠を持ってきた。そしてそれを一つ自分が食べてから、アシェル殿下に手渡した。

「あの、それで、そちらの方は……どなたですか？」

『人形』

「ん？　ローンチェスト家のエレノア嬢だよ。お菓子をあげようと思って。ハリーなら今日はお休みだって聞いてたし、ここにいるかなって」

『甘い香り～。おいしそう』

もしかして人形と呼ばれているのは私の事だろうかと思うけれど、私はれっきとした人間である。

私は頭を下げて一礼をすると、挨拶をした。

「ローンチェスト家から参りましたエレノアでございます。よろしくお願いいたします」

「アシェル殿下の側近をしていますハリーです。僕の手作りで良ければどうぞ」

「手作り……すごいですね。ありがとうございます」

アシェル殿下は手際よく皿を準備すると、ハリー様の作っていたクッキーを並べていく。

二人の連携力は素晴らしく、私が何もできないでいる間に、さっと紅茶の準備までしてしまった。

「エレノア嬢。こちらへどうぞ」

『さぁ食べよう！　食べたらさっきの嫌なことなんて忘れるさ』

「紅茶もどうぞ」

『人形』

「何もお手伝いできずすみません。あの、ありがとうございます」

アシェル殿下もハリー様も私が準備を手伝えなかったことなどまったく気にしていないようであった。

そして、二人に促されるままに私はお菓子を食べた。心の声は聞こえるけれど、三人の時間はとても穏やかで、久しぶりにゆっくりと過ごすことが出来た。

「とても美味しいです」

そう伝えると、ハリー様ではなくアシェル殿下が自慢げに言った。

「ハリー。本当にお菓子作り上手なんだよ。すごいよねぇ」

『ふふ。笑ってくれて良かったぁ』

私は、今日は王城に来てよかったなと、心からそう思った。

アシェル殿下はとても優しくハリー様は何を考えているのかよくわからない人だった。

一緒に過ごす時間がこれほどまでに楽しいと思える人と出会ったのは初めてで、私はまた会いたいなと思った。

その後アシェル殿下には両親のところまで案内してもらい、両親からは、よくぞアシェル殿下と知り合いになったと喜ばれた。

私は、その日の夜今日の事を振り返りながら鏡の前でアシェル殿下は優しかったなと思い出していた時、何かを忘れている気がした。

だから、じっと鏡に映る自分の顔を見つめていた。

何かを思い出せそうで、でも思い出せない。

なんだろうかと思った時であった。

「え?……エレノア……エレノア?」

私は衝撃を受け、頭が痛くなった。エレノアという名前、美しい顔、そしてこの国の名前。

全てが記憶の中のアプリゲームと一致していく。

「そんな……」

鏡に映る少女が、自分ではないキャラクターへと姿を変える。

「エレノア……悪役令嬢……エレノアなの?」

自分の顔を両手で触り、そして私はその日倒れ、三日三晩うなされたのであった。


そして、私はベッドの上で目が覚めた。

起き上がり、しばらく私は目をぱちぱちと瞬かせ、そして両手で顔を覆うと、ゆっくりと息を吐いていった。

「はぁあっぁあっぁ。私、なんで忘れていたのかしら」

幼い日の頃の夢を見た私は、ベッドから起き上がると鏡の前へと移動し、そしてそうだったと思い出す。

十歳の頃にあった王城でのお茶会。あの後、アシェル殿下に親切にしてもらったことに感謝した後、鏡に映った自分の姿、そしてアシェル殿下の名前に何か思い出せそうなのに思い出せないと、悩んだのだ。

そして、私は思い出し、気づいたのだ。

自分が悪役令嬢のエレノアにそっくりだということに。

それが衝撃的すぎて今の今まで幼い頃にアシェル殿下とハリー様に出会っていたということもすっかり頭から抜け落ちていた。

これまで忘れていたことにも驚いたが、突然思い出したことにもびっくりしてしまう。

「アシェル殿下は覚えているかしら？」

そう呟き、そして、今の今まで忘れていた自分が恨めしくなる。

けれど、瞼を閉じると、先ほどの夢が頭をよぎった。

「はぁ。……幼い頃のアシェル殿下も……とっても優しかったわ」

思い出してよかったと思いながら、エレノアは朝の支度を侍女と共に始めた。そして朝食を食べるために中庭を通る廊下を歩いていた時だった。

花の香りが鼻先をかすめ、ふと、足を止めた。

「……何かしら。何かもう一つ、忘れている気がするのだけれど……」

思い出そうとしても、思い出せない。

けれど何故か、花の香りを胸いっぱいに吸い込むと、懐かしさを感じた。

あとがき

皆様はじめまして。作者のかのんと申します。
この度は本作「心の声が聞こえる悪役令嬢は、今日も子犬殿下に翻弄される」を手に取っていただきありがとうございます。

本作は極めて珍しい程の、ヒーローの可愛さあふれる作品ではないかと思っております。エレノアはアシェル殿下の心の声の可愛さに一瞬で射貫かれますが、皆様はどうだったでしょうか。少しでも可愛いなと思っていただけたら幸いです。また、ハリーの「ぼん、きゅー、ぼーーん」に笑ってもらえていたら嬉しい限りです（ちなみにハリーのぼん、きゅ、ぼーんは、気分によってたまに違うようです）。

今作品では心の声が聞こえることによって、それぞれのキャラクターの二面性も感じ取ってもらえるのではないかと思います。

見たままのキャラクターもいれば、見た目とは全く違ったハリーのようなキャラクターまで様々です。ハリーは特殊ですし、はっきり言って主人公を上回った人気を取りそうで、作者は書きながらハリーは出てきちゃだめ、今は、まだ出番じゃないよと押さえつけるので必死でした。あとがきですら、作者の手を操りハリーは出てこようとします。心の声一言で全てを奪っていくハリー恐るべしです。

さて皆様、ここで喜ぶべきお知らせがございます。なんと本作、二巻目も出していただけるそうです！　何ていう光栄なことでしょうか。エレノアとアシェル殿下のその後を引き続き書いても良いとのことです！　作者は飛び上がって喜びました。何せまだまだ書き切れていない部分がたくさんありましたので、それを皆様にお届けできるなんて嬉しくてたまりません。

エレノアの美しさと可愛らしさを見事表現し、そしてアシェル殿下のかっこいい姿と子犬殿下の可愛らしいギャップを描いてくださったＳｈａｂｏｎ様には感謝の気持ちでいっぱいです。素敵なイラストに、更に創作意欲が湧きました。

本作を作り上げるにあたり、担当をしてくださったＯさま。Ｏさまと話をするうちにキャラクターが更に生き生きと動く姿が見えて、筆がさらに進みました。

本作を手に取ってくださった皆様、最後まで読んでくださってありがとうございます。

ＴＯブックス様にて本作は作り上げられ、そして皆様のお手元へと届けることが出来ました。関わってくださった関係各所の皆様に感謝申し上げます。

二巻にて、またお会いできることを楽しみにしております。

それでは失礼いたします。

巻末おまけ

キャラクターインタビュー

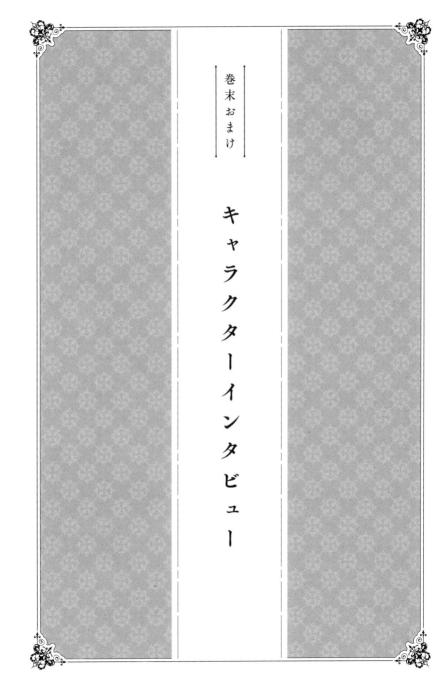

あんなこと
こんなこと
きいちゃいましたっ!

キャラクターインタビュー

エレノア

Q。アシェル殿下との思い出を教えてください。

A。たくさんあるのですが、やはり一番の思い出といえば最初のダンスの時ではないでしょうか。最初はどのような方なのだろうかと怖さもあったのです。ですが、殿下は本当に可愛らしくて……こんなに可愛らしい男性がいるなんてとときめいてしまったことが、一番の思い出です。はぁ、今思い出しても可愛らしいです。殿下と出会えて本当に私は幸せです。

好きな食べ物は?	さっぱりとしたレモン系等のお菓子が大好きです。
嫌いなものは?	特にありませんが、強いて言うのであればうなぎのゼリーです。
特技は?	人の心の声が、実は聞こえます。
願いが一つかなうなら?	願いが叶うなら、人の心が聞こえなければと思っていたのです。ですが、アシェル殿下に出会ってからはそうは思わなくなりました。
人生で一番うれしかったこと	アシェル殿下と出会えたことです。
好きなタイプは?	可愛らしい人……というか、アシェル殿下です。タイプというか、もう、アシェル殿下がタイプです。

心の叫びをどうぞ!

「アシェル殿下が可愛すぎます!
はぁ! もう、可愛い!!!
皆様に知ってもらいたいです!」

アシェル

Q.エレノア様の第一印象を教えてください。

A.こんなに綺麗で可愛い人が僕のお嫁さんになるんだぁって、最初はもう嫌われないように少しでも好かれたい！っていう一心だったかなぁ。だって、こんなに素敵な人いないでしょう？ 僕は婚約者になる人を世界で一番大切にしようって決めていたけれど、可愛すぎて、うん。もう可愛すぎてさ、わぁぁってなるよね。エレノアってさ、本当に何事にも一生懸命で、そういう姿が、本当に好き。

好きな食べ物は？	基本的には何でも好きだけど、チョコレートが結構好きかな。
嫌いなものは？	えー。内緒にしているんだけど……ピーマン。
特技は？	剣術には自信があるよ。あと、乗馬も得意かな。
願いが一つかなうなら？	エレノアを誰にもとられませんように！ 本当に切実に願うね！
人生で一番うれしかったこと	エレノアと出会えて、エレノアが僕を好きって言ってくれたこと。
好きなタイプは？	タイプかぁ。僕は王子だし、婚約者を絶対に大切にするって思っていたからタイプ自体なかったんだけど……でも、今は、エレノアがタイプかな。エレノア以外に、もう考えられないし。

心の叫びをどうぞ！

「むう。叫ばせてもらうけどさ、
エレノアは絶対に
可愛いエレノアは絶対に
誰にも渡さないぞ――！
お――!!」

ハリー

Q. アシェル殿下とは普段どのような会話をされているのでしょうか？

A. 普段の会話？ 基本的には事務的な会話と、後はお菓子の話をすることが多いです。お菓子作りが趣味なものですから。それに付随した話が多いかと思います。

好きな食べ物は？	甘い物は全般。
嫌いなものは？	食べ物であればセロリでしょう。嫌いなものならば、面倒くさい人間ですね。はい。
好きなタイプは？	そりゃあ……一緒にお菓子を作ってくれる人がいいですよね。タイプというか、一緒に共有できる時間がある人がいいです。

チェルシー

Q. 本当に欲しかったものは何ですか？

A. 何それ？ 私が欲しかったのは全部よ。イケメンも、愛情も、お金も地位も！ もう。本当に嫌になっちゃうわ。何よその質問。ふんだ。

好きな食べ物は？	フルコースがいいわよねぇ。高い物食べてると幸せ感じるもの。
嫌いなものは？	貧乏くさい物は嫌いよ。
好きなタイプは？	顔が良くてお金持ちで身長が高くって、私のことが好きすぎてたまらない人よね。

ジークフリート

Q. 最近衝撃を受けたことを教えてください。

A. 衝撃……エレノア嬢がかわい……違う。違うぞ。僕は断じてエレノア嬢が可愛いとかそんなこと思っていない！ 思ってなど、いや違う。エレノア嬢が可愛くないと言っているわけではない。彼女は可愛いし美人だ！ って……違う！ 違うんだ。

好きな食べ物は？	豆類のスープが好きだ。
嫌いなものは？	辛すぎる食べ物は苦手だな。
好きなタイプは？	は？ 好きなタイプ？ 好きなタイプって、いや……そりゃあ、僕程の美貌の持ち主に相応しい女性ならば、見た目もよくて……いやその……エレノア嬢のような人が……いや、いや違う！ あれだ！ 絶世の美女だな！

Q. 人生の目標はありますか？

A. 人生の目標？ っは。俺に聞くのかよ。ふざけてんじゃねーぞ。

好きな食べ物は？	肉。
嫌いなものは？	野菜。
好きなタイプは？	良い女。

ナナシ

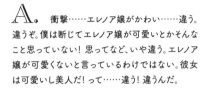

次巻予告

乙女ゲームは終わったはずが——悪役令嬢《じぶん》に代わって主人公《ゲームヒロイン》が、闇の存在と結託!? 行方知れずな傾国の美女《エスパー》×完璧王子《こいぬ》のラブコメファンタジー2巻!

第2巻 2023年春発売予定!

小説
第⑫巻
2023年
1月10日
発売!
ニメ化決定!
帝国物語
餅月望―著
Gilse―イラスト
式HPへ!
TVアニメHP
原作HP

ティアムーン帝国物語
ティアムーン帝国物語
ティアムーン帝国物語
ティアムーン帝国物語
comics
コミックス
第❻巻
2023年春
発売予定!
漫画：杜乃ミズ
2023年TVア
ティアムーン
断頭台から始まる、
姫の転生逆転ストーリー
詳しくは公

年1月
コミックス
第9巻
2023年
1月14日
発売!
決定!
お楽しみに!
漫画：飯田せりこ
コミカライズ
おかしな転生のコミカライズ最新話がどこよりも早く読める!
富国強兵!!
お菓子で満ち溢れた国!!
想像がどんどん拡がっていく
やっぱり僕はこの為に生まれてきたんだ!!
世界で一つのお菓子の国を作るために!!
銀貨のみか…
分かってないな所詮は戦場上がりの田舎貴族か
これでは口止め料には足りんよ
僕の夢の邪魔する奴は必ず後悔させてやる!!
キッ
CORONA EX
TO books
にてWEB連載中!
https://to-corona-ex.com/

「おかしな転生」次巻予告
2023
小説
第22巻
2023年
1月10日
同月
TVアニメ化
著：古流望
イラスト：珠梨やすゆき
予約受け付け中!
詳しくは公式HPへ!
シリーズ累計
(電子書籍含む)
95万部
突破!
AUDIO BOOK
おかしな転生
オーディオブック
第1巻
朗読：長谷川玲奈
絶賛発売中!

心の声が聞こえる悪役令嬢は、今日も子犬殿下に翻弄される

2023年1月1日　第1刷発行

著　者　かのん

発行者　本田武市

発行所　TOブックス
〒150-0002
東京都渋谷区渋谷三丁目1番1号　PMO渋谷Ⅱ　11階
TEL 0120-933-772（営業フリーダイヤル）
FAX 050-3156-0508

印刷・製本　中央精版印刷株式会社

ISBN978-4-86699-721-6

Printed in Japan